U0485069

叶辛长篇小说精品典藏
Ye Xin Changpian Xiaoshuo Jingpin Diancang

缠溪之恋・情何以堪 CHAN XI ZHI LIAN ● QING HE YI KAN

时代出版传媒股份有限公司
安徽文艺出版社

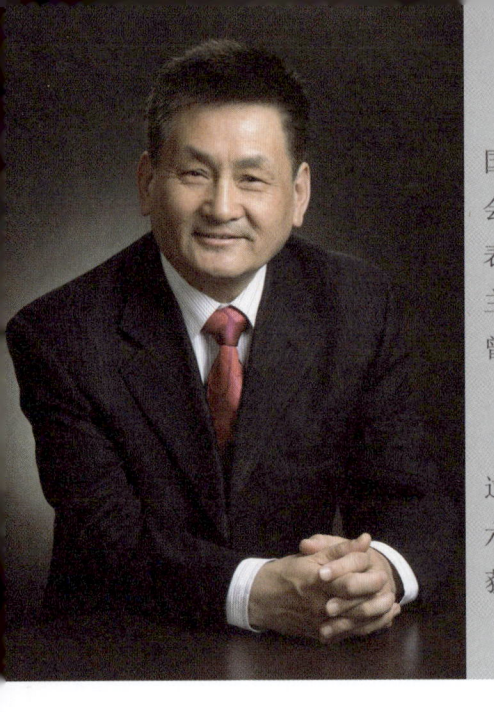

叶辛，1949年10月出生于上海。中国作家协会副主席、国际笔会中国笔会副主席、上海文联副主席、上海作家协会副主席、著名作家。曾担任第六届、第七届全国人大代表和贵州省作家协会副主席，《山花》《海上文坛》等杂志主编。长篇小说《蹉跎岁月》《孽债》被改编为电视连续剧，曾引起全国轰动，成为中国电视剧的杰出代表。

著有长篇小说《蹉跎岁月》《家教》《孽债》《三年五载》《恐惧的飓风》《在醒来的土地上》《华都》《缠溪之恋》《过亭》等。另有"叶辛代表作系列"三卷本、"当代名家精品"六卷本、"叶辛新世纪文萃"三卷本等。短篇小说《塌方》获国际青年优秀作品一等奖，由本人担任编剧的电视连续剧《蹉跎岁月》《孽债》《家教》均获全国优秀电视剧奖。

叶辛长篇小说精品典藏

缠溪之恋·情何以堪

CHAN XI ZHI LIAN · QING HE YI KAN

叶辛 ◎ 著

时代出版传媒股份有限公司
安徽文艺出版社

图书在版编目(CIP)数据

缠溪之恋·情何以堪/叶辛著.—合肥:安徽文艺出版社,2017.4(2018.4重印)

(叶辛长篇小说精品典藏)

ISBN 978-7-5396-5902-2

Ⅰ.①缠… Ⅱ.①叶… Ⅲ.①长篇小说-中国-当代 ②中篇小说-中国-当代 Ⅳ.①I247.5

中国版本图书馆 CIP 数据核字(2016)第 258817 号

| 出 版 人：朱寒冬 | 选题策划：朱寒冬 岑 杰 |
| 责任编辑：张妍妍 | 装帧设计：丁 明 褚 琦 |

出版发行：时代出版传媒股份有限公司　www.press-mart.com
　　　　　安徽文艺出版社　　www.awpub.com
地　　址：合肥市翡翠路 1118 号　邮政编码：230071
营 销 部：(0551) 63533889
印　　制：安徽新华印刷股份有限公司　(0551)65859551

开本：710×1010　1/16　印张：10.5　字数：180 千字
版次：2017 年 4 月第 1 版　2018 年 4 月第 3 次印刷
定价：35.00 元(精装)

(如发现印装质量问题,影响阅读,请与出版社联系调换)

版权所有,侵权必究

目　录

缠溪之恋 / *001*

情何以堪 / *123*

缠溪之恋

A

  缠溪的源头在凉水井。

  那不是一口井,而是从隐蔽的山洞里悠悠然淌出来的一股泉水,漫溢在岭腰的一片低洼处,形成了一个幽深的水塘,形成了顺着弯弯拐拐的山势淌下去的那条缠溪。

  缠溪源头的这一片水清澈得诱人,水面映出团转的巍然群山,映着山巅草坡上的树木花朵,映着耀眼的蓝天和白云。人站在水边,眉宇五官如同照镜子一般清晰地映现出来。人走过,会情不自禁探头探脑地俯首瞅瞅。

  山乡里的祖先们,就给这片水起名为凉水井,世世代代地这么叫下来。

  这地方虽说偏远荒僻,可在高高的山崖上,却镌刻着两句文绉绉的、流传千古的回文诗:

  青山碧岭逼山青
  缠溪长水常溪缠

  偶有文人雅士路经缠溪,看到这两句诗文,总要驻足猜测、咀嚼一番,这两句诗是什么意思,包含着什么意蕴。说的时候十分热烈,最后往往又是各说各的,不了了之。久而久之,这两句回文诗,也同缠溪和凉水井一样,成了这片土地的一部分。

  在省城商界的成功人士安阳的心目中,凉水井并不是这一片水,也不是这两句颇有意味的回文诗,而是坐落在山坡脚下的寨子,那是他出生成长的地方。只因岭腰间有了这一片水,这股水又淌出了一条缠溪,山脚下缠溪边的大寨子,也就跟着叫凉水井。

  缠溪的源头在凉水井,对于安阳来说,却是别有一番情韵和意味。那是埋藏在他心灵深处情感的源头,时常萌动着的爱的源头,搅动着他心绪的温馨的源头,难以忘怀的初恋的源头,青春年华中可以称作畸恋的源头,都发生在他的故乡凉水井寨子。

近年来,经营着他引以为自豪的茶叶,忙忙碌碌地在商海中浮沉的他总以为,久久地栖居在喧嚣繁华的省城,在离开偏僻蛮荒的凉水井寨子六七年之后,那一切都已然远去。

谁知,就像故乡的那条缠溪一样,凉水井寨子上曾经的人和事,曾经发生过的一切,又会那么鲜明、那么清晰地缠上他的心头,浮上他的脑际。

初冬时节,省城的晚报上登载了一条消息《警惕煤气"杀手"》,报道的是,入冬以后,又有两个女人死了,死于煤气中毒,原因是煤气热水器通风不畅。从20世纪90年代以来,这一类意外事故几乎年年冬天都会发生,见惯不惊了。

晚报用大号字做标题特意报道这一消息,用意是在提醒省城的广大市民,每年冬季都是煤气中毒的高发季节,今年也不例外。自从入冬以来,两百多万人口的省城里煤气中毒事件已频频发生,死亡了多人。省城居民在使用煤气热水器时,一定要注意通风透气,小心,小心,再小心,千万不能麻痹大意,酿成惨祸。

安阳读到这消息,愣怔了片刻。他的双眼瞪得直直的,一屁股坐在沙发上,呆了一阵。

使他发呆的是,这一条豆腐干那么大的消息中,顺便提了一句,死去的是来省城里打工求生的母女俩,母亲一看就是个农妇,叫任红锦,女儿还小,刚进附近一所小学的预备班借读,叫李昌芸。

坐在临窗的沙发上,安阳的脸色沉郁了很久,似还有些悲伤。茶几上的烟灰缸里,塞满了烟蒂。那一杯茶,几乎被喝光了所有的水,嫩绿的茶叶黏糊在杯底、杯沿上。

天色渐渐黑下来。

安阳起身打开电灯,又随手翻了翻其他几张报纸。

其他几张报纸上都有类似的报道,日报的题目是《天冷了,沐浴时谨防煤气"杀手"》,都市报的消息是《煤气管泄漏,母与女中毒》。

不管是哪家报纸,在报道此事或是配发的相关言论及专家提醒中,都说到了初冬时节煤气中毒事件的多发和频发。

把报纸丢在一边时,安阳的脸色又释然了,眼神中还透出一股轻松感。

不过他的隐忧还是很快应验了。

孔雀苑别墅小区的大块头保安陪同民警小毕,专程来安阳新装修的三十八号别墅拜访了一次。尽管小毕仿佛不经意地解释,说她是刚分来的管段民警,早就想来逐家逐户认识一下各位业主,安阳却还是把她的到来和任家母女的意外死亡联系在一起。

果然,寒暄了几句,看上去才二十出头的小毕把话题绕到了任家母女的意外死亡上。

"你认识她们吗?"

"哦,认识。"

他不能说不认识,一旁的胖保安是知情人,胖保安看见过她们曾住在他家里。

"听说她们在你家中住过一阵。"

"住过。"

"你和她们是亲戚?"

"哦……不,进省城之前,我和她们同是缠溪边凉水井寨子上的乡亲。她们,不……任红锦是寨子上的农民。那年头李昌芸还没出生呢。"

"同一村寨上的农民,咋个会住进你家呢?"

"是这样……"

安阳换了一下坐姿,知道必须解释一下才能把话讲明白。

"任红锦的男人李克明,在寨子上时,和我是无话不谈的好朋友。他年前死了,母女俩在乡下活得艰难,就跑到省城来,是想同很多进城民工一样,打工混口饭吃。她们找到了我,要我设法介绍打工的活,在没得正式打工之前,先借住在我这里,顺便也帮我料理料理家务。住过一阵,后来活找到了,娃娃进了小学预备班借读,她们在学校附近也租到了房子,就搬了出去。一切都好好的,哪晓得,会出这样的意外……"

"任红锦找到的是啥子活路?"小毕看似随意地问。

"好像先是在哪家餐馆洗碗,后来,后来……找到的是钟点工的活吧。都不是我介绍成的,是她自己出外去找的。"安阳淡然道。

听她问话,安阳觉得,她一点也不像个刚分配工作的民警。特别是她那一双大大的充满狐疑的眼睛,望着人的时候,眼神定定的,有点执拗,仿佛要对世界上所有的事情问一个为什么。

果然,她又问了:

"从你这儿搬出去以后,她们来过吗?"

"没来过。"安阳想说什么,又忍住了。

"你呢,去看过她们吗?"

"没得。"安阳沉吟了片刻,淡淡地说,"哎呀,我生意上的事情太忙了,顾不上。咋个啦?"

"没什么,我只是问问。"

谜底很快让安阳晓得了,是胖子保安告诉安阳的,没有人知道胖子保安是安阳的人。胖子保安打公用电话告诉安阳,警方在农妇母女死亡的现场勘查,发现一个可疑点:在母女俩租住房的煤气淋浴器排烟管道里,紧紧地堵着一包草。由于管道堵塞,洗澡时燃烧产生的废气无法正常排放到室外,滞留在房间里,才造成了母女俩的死亡。

是谁在煤气淋浴器排烟管道里堵上一包草呢?

是什么人想要害死一对打工的贫困母女呢?

警方产生了怀疑,故而对曾经认识母女俩的人都进行了排查。她们曾在安阳家中住过,民警小毕总是要来问问情况的。

幸好胖子保安是打电话告诉过安阳的,要不,安阳当时吃惊的脸相和眼神,非得引起胖子保安的疑惑不可。

安阳的眉头皱紧了,事情咋个会是这个样子呢?

那以后,小毕没再来找过安阳。

安阳仍在为明年要推出的茶叶新包装紧张忙碌着。可只要一静下来,他就会想起这事儿,想到无端死去的任红锦和李昌芸母女,似乎她们是拂不去的阴影。

妻子聂艳秋还在沿海城市出差,时有手机打来,说及出这一趟差的收获,说及参加的两次春茶拍卖会,她的兴奋之情溢于言表,一再地说,深受启发,对他们来年推销春茶,会有很大的帮助。

他有时暗自忖度,幸好任红锦母女死亡时,聂艳秋正在上海、杭州一带出差,要不,听到这一死讯,不知她要对他抱怨多久。当初任红锦母女借住在他家,聂艳秋是一百个不愿意的,为此安阳不知遭了聂艳秋多少白眼。

时间在流逝。

安阳以为,再没人会跟他提起任红锦和李昌芸的死亡了,他的心境逐渐平静下来。

这天,一个电话打到安阳公司的办公室,打电话的人劈头就问:

"安阳在吗?"

"我就是。"

答话的同时,安阳已经听出来了,这是李昌惠,原先也是凉水井寨子上的乡亲,比他要年轻好多岁。现在的安阳已经有些神经质了,凡是和凉水井寨子有关的人与事,都会让他想起任红锦母女的死。

"有人要和你说话。"李昌惠在电话里说。

"哪个?"

李昌惠沉默片刻说:

"你猜猜。"

"猜不着。"安阳敛神屏息地抓着话筒。

"是我妈妈任玉巧,你还记得吗?"

"记得。"

"记得就好。我们来看你吧,你说,是去你公司,还是在哪里?"

"不、不,"安阳急忙说,"都不要,还是我去看你们吧。你们住在哪里?"

李昌惠报出一个地名,七里冲,过去是离省城七里路的郊区,这些年城区扩大,几乎和城区连在一起了。可以算是城郊接合部吧,孔雀苑别墅小区离那里很近。

安阳在纸条上记下地址,说得空就去看她们。他问任玉巧在省城里会住多久。

任玉巧夺过电话说,要住些日子,昌惠的男人在省城里做些小生意,昌惠给人当钟点工,家中要她帮忙照顾娃儿,做点家务。她一时不回凉水井去。

这女人还是老脾气,说话的声气大得惊人,那特别的嗓音带一点沙,带一点浑厚,话筒里都有共鸣音,很好听的。从她的语气中听得出,她想见面的愿望相当强烈。

挂断电话,安阳跌坐在沙发上,脑壳里一片空白。

总以为这个女人已从他的生活中消失,总以为偏远村寨凉水井的一切都已成为尘封的往事,没想到她又固执地出现了。

她的出现,会不会搅得他的生活重又掀起波澜呢?

见了面,她会要什么,提出什么要求呢?

唉,原先,说起来真是六七年前了,在凉水井寨子上发生的一切,和任红锦的感情瓜葛,一团乱麻似的,不都是由她引出来的吗?

一

长声吆吆的山歌在旷野里歇息下来的时候,安阳身前还有一长溜的苞谷没有薅尽。远远近近和他一同在各家的田块上干活的男男女女,纷纷提起背篼,扛着锄头,退出自家的田土,越过平缓起伏的茶坡,往缠溪边凉水井寨子上走去。

太阳落坡以后,西天边的那一抹晚霞,顷刻间由浓重的暮霭笼罩着。

天擦黑了。

安阳振作了一下力气,动作麻利地挥锄薅着草。

收工的人们渐次走远,山野里显得清静下来,锄头碰着泥巴的"嚓嚓"声清晰可闻。

不过就是几丈远的苞谷林,天黑之前他是能薅完的。

当他一口气薅尽自己的那一沟苞谷,扛起锄头走出苞谷土时,从山坡各处田块上收了活回归寨子去的乡亲,只能依稀望得见隆起的茶坡山脊上模糊的影子了。

他刚沿着田埂走出几步,后头有人在喊他:

"安阳,你停一下。"

安阳没转身,就听出这是凉水井寨子上的寡妇李幺姑的嗓门。

李幺姑说话的声气不像寨子上的一般妇女,尖声拉气,或是细声细气。她的嗓门带一点沙,带一点浑厚,却又不失柔顺,重重的。是那种特别的女人声气,在黄昏时分清寂的山野里,听上去另有一番韵味。她不但说话的声气动听,她还会哼唱几句山歌的调调。有一回,安阳路过她家的田土,恰好听到她一边歇气,一边低低地在唱,调门有些凄凉,仿佛在倾诉啥子。

不晓得为啥子,安阳这会儿听到她叫,心就"怦怦"地跳。他心虚。这一阵子,凉水井寨子上关于他和李幺姑的女儿李昌惠,有一些闲言碎语。

李幺姑脚步重重地朝安阳直冲而来,胸部隆起的一对乳房,在衣衫后兔子一般颤动着。

安阳镇定着自己,明知故问:

"你找我?"

李幺姑也不答话,走到安阳跟前,手里的锄头一横,不容置疑地说:

"走,到那边去说。"

安阳眼一斜,李幺姑指的是田土边挨着茶坡的一片杉树和青冈混种的小树林。那里地势低,也晦暗一些,离得远一点,就看不到了。

"走啊!"李幺姑催促着,还重重地逮了他一把。

安阳只觉得她的力气大得惊人,下手很重,一把像要把他逮倒。薅了一下午的苞谷,她的身上散发出一股浓重的女性身上的汗气。

他一走进小树林,李幺姑就把手中的锄头"砰"的一声放在地上,身上的背篼也搁落在地上。

安阳肩上的锄头刚倚着树干放下,李幺姑不由分说地一把将他推靠在树干上,厉声说:

"你干的好事!"

安阳晓得要遭李幺姑咒骂了。

高中毕业回凉水井寨子好几年了,他对寨子上的妇女们吵架骂人,已经司空见惯。虽说从没见过李幺姑扯直了嗓门谩骂,可他知道,一旦骂起来,她一点不会比那些泼女人逊色。况且李幺姑的嗓门那么大,她又是那种宽肩粗实的女人。别人家妇女只干女人的活,她只因男人死得早,那些女子胜任不了的粗重活路,像挑重担啊,挖泥巴啊,上坡割草啊,她也经常挺胸咬牙干着。常在太阳底下晒,她的一张脸黑得像被煤炭涂过一般。

"你说的啥子呀,李幺姑?"安阳不想得罪她,也不敢得罪她,只好装糊涂。

"你还装。"李幺姑的声气压得低,语调却是十分严厉的,"跟你说,不要再缠我家昌惠,她才十六岁!"

李昌惠长得细细巧巧,一副小家碧玉的模样儿,很讨人喜欢的。安阳不能想象,这么粗蛮的母亲,咋会生得出那么秀气的姑娘。

安阳连忙辩白:

"我没缠她啊,我只……"

"还没缠,"李幺姑打断了安阳的话,"没缠她,她咋会说你这么多好话?她咋会不要媒人上门,咋会说,要嫁人,就嫁你这样的?你说!"

她真这么说了吗?安阳惊喜得几乎要问出声来,但他克制着没说。这一定是当女儿的,给当妈的说出的心里话。真没想到,李昌惠这姑娘,会是这么一往情深。他记得,他和李昌惠的交往,不过是在一个雨天开始的。

那天突然之间下大雨,她正走过他家门前,就小跑几步过来躲雨。雨越下越大,她在外头屋檐下躲不住,就走进堂屋里来。那一刻,他正在灶屋里烙饼,她连声喊好香好香,他就拿了块饼子给她尝了,她咬一口就说好吃,抹一点辣椒会更好吃,他就给她抹了一点辣椒。她吃得连连咂巴着嘴,十分满意。也许正是这第一次有了好感,在看见他拆洗了被子以后,她带了针线来,主动说要替他缝被子。爹妈死了以后,只要拆洗了被子,他常常把被子抱到人家屋头,请寨子上的大婶、叔娘、嫂子缝。那天,他为了感激她的帮助,又给她烙了饼子,让她蘸着辣椒尽兴地吃了个饱。

缠溪沿岸的寨子上,没有吃烙饼的习惯。这是安阳在县中住读时,跟着学校里一个祖籍山东的老师学的。爹妈先后死了以后,他一个人过日子,为贪图方便,时常吃一点面食,烙饼子吃。

莫非就是一来二去这些细枝末叶的交往,使得李昌惠姑娘动了情?

李幺姑的话,道出了李昌惠的真情,安阳感觉一阵莫名的亢奋。说真的,父母死后,一个汉子过着日子,安阳常有一种无助的孤独感,他也喜欢见到李昌惠,盼她来找自己。当这个充满村野清新气息的女孩站在他身旁时,他就有一股愉悦感、兴奋感。他晓得只要自己伸手过去揽住她,她是不会反对的。但他终究比她大了十多岁,家里又穷得滴水,他克制着自己,没这么做。可这会儿,李幺姑的

010

神情,仿佛他已经欺负过她的女儿似的。

他连连摇着头,结结巴巴地申辩说:

"我真的没缠她,真的,今天,今天幺姑你这么说了,以后我就不理她吧。"

"这才像句话。"李幺姑的声气和缓下来,又似解释一般道,"你要晓得,昌惠是我的命根子。已经有媒人上门了,男家是信用社干部,他那儿子出息得很,在街子上开了一家小商店,会做生意,好不容易说定了的,出不得半点丑哪!"

安阳只觉得头发根竖了起来,这么清纯年少的姑娘,就要谈婚论嫁了。他点了一下头,沮丧地说:

"我明白。"

"你莫泄气,"李幺姑像是听出了他失望的情绪,就伸手推了一下安阳的肩胛,似要安慰他,"我会替你找个伴,女伴。"

"替我?"安阳吃了一惊,愕然地问。

"你不信?"

小树林里一片晦暗,她脸上的神情已看不分明,他只觉得她黑亮的脸上泛着光泽,露出一嘴牙齿在笑。

"是真的。"李幺姑以肯定的语气说,"我不蒙你。你多大了?"

"二十七岁。"

"是啰是啰,二十七岁的大男子汉,还没挨过女人身子,我晓得是个啥滋味。女人们凑在一起,都在说你……"

"说我?"

"是啊,说你要不是给爹妈的病拖累,说不定早进了大学,现在而今眼下,早毕业成了国家干部或是知识分子,哪会仍旧是个农二哥;退一万步讲,就是不进大学,凭你的聪明智和劳力,也像寨子上很多汉子一样,去外头打工赚了钱,早回寨子砌房子、娶婆娘、生下娃娃了。"李幺姑用的完全是善解人意的同情口吻,声气也随之低弱下来,"不过,不要紧。凉水井寨子上有人已经瞄上你了。哎呀,你看我这一脸的汗。"

说着,李幺姑顺手撩起自己的衣襟来,使劲抹拭着自己脸上的汗。

安阳既惊且惧地听着她说话,正想问是哪个看上了自己,不料眼前的一幕让他陡地瞪大了双眼,屏住了呼吸。

李幺姑把衣襟撩起来的同时,胸部一对雪白的乳房鼓突地跳了出来,两颗红殷殷的乳头上下颤动着。

安阳还是头一次挨得这么近地看见一个成年女人健壮丰满的胸部,他目瞪口呆地盯着她的乳房,敛神屏息地紧靠着身后的树干。

李幺姑把撩起的衣襟在汗津津的脸上抹拭了一圈,又抹拭着额头。一股女人身上的气息那么强烈地拂上安阳的脸。随着她的动作,那一对生气勃勃的乳房不住地弹跃跳动着,那么蛊惑诱人地晃着。

安阳忍不住伸出手去。

李幺姑抹尽了汗,衣襟落了下来。

安阳伸出的手,恰好隔着衣衫,触碰了一下她的胸部,他惊慌地缩回了手。

"你这是……"

李幺姑的双眼愤愤地瞪了他一下,嘴角一翘,似要笑出来,继而连人带身子,重重地挨了上来,顶住了安阳的身子,眼波灼灼地一闪,嘴里的呼吸直喷着他的脸,声气陡然放低了说:

"要晓得是哪个瞄上你了吗?"

"嗯。"

"我知道你想晓得。"李幺姑的手逮住了安阳的耳垂,重重地摸了一把,"任红锦。"

"是哪个?"

"李克明的新媳妇,和我一样,是从猫猫冲嫁到凉水井来的。娶她那天,不是请你当的伴郎吗?忘了?"

安阳眼前晃过一张丰满的脸庞、一个结实的身架子。这是凉水井寨子一个收拾得干干净净的少妇。况且,他和李克明还是相处得不错的好朋友。

见鬼了。

安阳只觉得脑壳里头一片昏热,讷讷地说:

"她、她……不是克明的婆娘吗?"

"哪个说不是啊?跟你道实情,任红锦嫁给李克明,还是我牵的线呢。"

"那她……"

"真憨,"李幺姑逮住他耳垂的手又用了点力扯了一把,像在耍玩,"你想一下,克明娶她,有几年了?"

"三……三年吧。"

"三年半。"

"是我回乡第三年接的亲,"安阳回忆着说,"那时我娘还瘫在床上,眼睛没有瞎,有三年半了。那又怎么样?"

"你想想,任红锦怀娃娃没得?"

"呃……"

安阳记起来了,婚后,任红锦真的没生下孩子。凉水井寨子上,为此总有一些流言蜚语。

李幺姑扳着手指说:

"比李克明晚接亲的陈家陈忠才、王家王进财,还有小马儿、小鸭儿、小荣贵五个,都抱上了娃娃。连今年春节接亲的小羊贵,新媳妇的肚皮都腆老高了。你想想,任红锦急不急?"

听李幺姑这么一说,安阳脸上一阵阵发烧发热,他听出点道道来了。

李克明在家的日子,有时安阳去他家坐,嗑瓜子聊天,任红锦给他端茶水时,总是双手端着杯子,恭恭敬敬地递给他,两眼瞪得大大地出神望着他。有时他和李克明聊得忘形,无意间一抬头的当儿,他会看见任红锦倚在门框上,痴痴地盯着他。

那时他从不在意,这会儿,听了李幺姑的话,他怔住了。

李幺姑双手搭着安阳的肩,顶住他的身子轻轻一扭动,鼓得高高的胸部在他胸口摩挲了一下。

"你说,是不是一个中意的伴儿?脸庞晃人得很,又年轻又漂亮,嘿嘿。"

小树林里静静的,风儿吹来,凉凉的。

不知从什么时候起,李幺姑的声气放得很低很低,脸挨得他很近,她说话间的唾沫星子溅到他的脸上,他觉得痒痒的。安阳没觉得讨厌,他甚至觉得,李幺姑嘴里喷出的气息,都是香香的,很好闻的。

此刻,她挨得他太紧了,他只想推开她一点,挪一挪身子。

不料她紧紧地抓住了他的手腕,追问:

"送上门的女人,你、你喜欢啵?"

"你瞎扯个啥呀，"安阳想要挣脱她的手，岔开话题，"人家哪愿意做这种事？是你在瞎操心呗。"

"胡打乱说。"李幺姑轻声呵斥，"这两口子，做梦都在想要个娃娃。偷偷摸摸地，两口子不晓得出外去找了多少医生看，找了多少江湖郎中的偏方来吃。就是没得用，一丁点儿的用处都没得。那些药又特别贵，克明家这些年赚的钱，都花在这件事上头了。唉……"

安阳虽和李克明是好朋友，但李克明从没说过这种事，哪怕是给他透露过一点儿消息。

李幺姑管自往下说：

"不瞒你讲，克明家的几个老辈子聚在一起思量过，干脆，找克明哪个本家兄弟替代一下，说啥子灯一黑，不都是一样吗？是克明死活不干，不愿在本家兄弟面前出这个丑。老人们催急了，克明甚至对任红锦说，让她回娘家自己去找人。"

李克明也真可怜，安阳不吭声了。

李幺姑说得如此有板有眼，他不得不信了。

"嘿嘿，"李幺姑得意地笑了，"这下你信了吧？"

说话间，李幺姑的脸不由分说地贴了上来，她的脸颊汗津津的，有些黏人，嘴里的气息热烘烘地拂上安阳的脸。她的两片嘴唇似舔似亲地在安阳脸上吻了一下，遂而脸颊又紧贴上来。

这一切来得太突然了。

安阳骇然用双手抵住了她的双肩，他感觉到她柔软的胸部紧挨着自己，浑身燥热不安地叫了一声：

"李幺姑，你不要这样……"

他的脑子里一片混乱。他原先只是对李幺姑的女儿李昌惠有好感，李幺姑不让他和李昌惠接触，可这会儿，却变成了这样……这、这叫什么了？

"咋不要？"

李幺姑的喉咙顿时粗起来，一边说话，一边在他脸上摸了一下又一下，她做惯了农活的手粗糙得像在轻轻割着他的脸。

"得了任红锦，你就把我这个串线的蹬开了？"

"你说哪里去了,"安阳辩白说,"任红锦是哪个,我还没想起来哩。"

"谎话!你以为我不知,你常去她家玩,还说她家的茶叶香,她炒的瓜子好吃。"

这倒是实话。

"呃……"安阳没话了,他既不安又惶恐。

小树林里已是漆黑一片,树林子外头也已黑尽了。

他和李幺姑那么近地挨在一起,远远地看就像是两人紧搂着,他只要对李幺姑的热情稍有回应,两个人在树林里不知要发生什么事了。

他感觉到李幺姑作为一个女人对自己强烈的诱惑,想要推开她的手伸出去时,总是乏力的。他几次想张开臂膀,不顾一切地回抱她,但是手一触碰到她的身躯,他却又似遭到火灼般收了回来。

李幺姑比他自在沉着得多,她的一只手从他的脸上摸到了他的颈脖,另一只手又悍然不顾地伸进了他的衬衣,张开巴掌抚摩着他的前胸。

"听我说,安阳,我愿替你牵这个线,一来是觉得当年为他牵线,没生下娃娃,总感到是个欠缺,好事没做圆;二来嘛,就是觉得你这么个壮壮实实的男子汉,也该享受享受女人了。记得你妈病在床上时,我去看望她,她还惦着你的事,托我给你找一个媳妇呢……"

安阳不吭气,这是真的,他妈躺倒在床的日子,时常唉声叹气地说,把他的婚事耽搁了。

李幺姑的双眼若有所思般睁得大大的,放低了声气说:

"你安阳有孝心,忙着照顾他们两个病壳壳,得不到姑娘喜欢。现在你一个人了,昌惠许了给人家信用社主任家儿,不能给你。我思来想去,只能让任红锦陪你睡,她要个娃娃,你呢,需要女人的温存。对不?你说对不?"

说着话,她整个身子都贴了上来。

她把事情说得赤裸裸的,安阳还能说什么呢?

她的手虽然粗糙,可终究是女人的手,摸在他身上,他感觉到一阵一阵的快慰和舒服。他轻轻地哼了一声。

"这才对头嘛,哪有大男子汉不喜欢女人的呀?"

李幺姑的手在他胸口放肆地抚摩着。

"安阳,看你,这一小会儿就激动起来了。我感觉得到的,瞅你眼神就晓得了,你也想女人。跟你说实话,做好事,我就要管到底。在你和任红锦睡以前,我还要试一试,看看你究竟行不行呢……你莫动,莫动呀,安阳……"

冷不防,李幺姑双臂一张,紧紧地抱住了安阳,整个身子扑了上来,嘴里喘息着,一张脸贴上安阳的下巴,柔柔地颤声喊着:

"憨包儿,你咋个还不醒啊?我也是女人哪!你、你嫌弃我吗?来,来,安阳,来哪……"

李幺姑的身子不住扭动着,一双眼睛饥渴企盼地睁得老大。

这简直是直接在引诱他了,安阳只感到浑身像挨着一团燃烧的火,他似被人抽了一鞭,全身一惊,用尽力气,猛地推开李幺姑,大步往小树林外冲去。

身后,传来被他推倒在地的李幺姑一声叫喊:

"嗨,和任红锦约定了,我再找你。"

B

　　是的,安阳和任红锦之间,是李幺姑牵的线。没有李幺姑,安阳不会和任红锦相好,也不会让任红锦那么快怀孕。

　　李克明死了以后,任红锦到省城来找到安阳,安阳的心中已有些隐隐的不安了。而当任红锦明白无误地告诉他,随她而来的李昌芸,是安阳的亲生女儿时,安阳简直是紧张了。尽管任红锦说,这话她没对李昌芸讲过,也不会讲,但安阳当然晓得她对自己说的意思。

　　任红锦是率直的。

　　她说,长久地生活在凉水井寨子上,尽管时常想到和安阳的情意,想到他们俩待在一起时的幸福时光和那些个难忘的短暂的夜晚,不过碍于李克明整天守在家中,她也只能是想想而已。听说安阳发了财之后,她也冲动地想过要来看他,但她顾忌着李克明,始终没有来,也没把生下了李昌芸的真相告诉安阳。

　　任红锦也是通情达理的。

　　她说,现在李克明不幸死了,她自然而然想到了安阳,带着女儿来找安阳,盼望能做成真正的一家子。不过安阳已成了家,婆娘聂艳秋又是一个那么能干而又美丽的城里女人。任红锦无意坏安阳的好事,她只求安阳能帮帮她们母女俩,让她们在省城里安顿下来,有一口饭吃,能打一份工,过上一份安定的日子。

　　安阳怎么能拒绝呢?

　　他对聂艳秋说,当年好友的家人找上门来了,让她们先在家里住上一段日子,等找到了活干,租到了房子,她们自会搬出去。聂艳秋老大地不愿意,但碍于安阳已经答应了人家,也就忍下了。

　　哪晓得,任红锦嘴上说的是一回事,生活中行的又是另一回事。只要聂艳秋不在家中,孔雀苑花园别墅家中,就是她说了算,俨然是这家里的另一个主人。更让安阳惧怕的是,她只要逮着机会,就想和安阳重温旧梦,想和安阳亲热,一脸的无所顾忌。

能怪她吗？

她也只有三十来岁啊。

安阳应付着她，每次总以聂艳秋随时随地可能回家搪塞。

那一次，聂艳秋离开省城到茶园出差去了，李昌芸一入睡，任红锦就缠着安阳上了床。她在床上对安阳极尽温存缠绵，又是哭又是笑。她说，她是安阳生命中的第一个女人，安阳也是她真正的头一个男人。她口口声声喊着安阳老公，说在凉水井寨子上，虽然生下了李昌芸，堵住了寨邻乡亲们的流言蜚语，可在这些年里，她始终是思念着安阳的。陪着李克明这个没得用的男人，过的实在是痛苦寡味的日子。现在好了，她说，她终于自由了，安阳和聂艳秋不是没生孩子吗？她还要替安阳生一个。

听听，她简直是啥都不管了。

安阳能说啥呢？她讲的确是实情，李克明死后，她来找他，似乎也是天经地义的事情。他说，他会负责给她们母女俩租一套房子，让女儿昌芸进省城里的小学校发蒙读书，任红锦愿意打工，就找一份工做，她若觉得打工累，尽可以待在家中照顾娃娃，他会对她们负责到底。他唯一央求任红锦的是，不能把他们之间的关系对聂艳秋说。

"为啥子？"她瞪着安阳尖锐地问，"你是怕她晓得了我们过去的事，晓得了昌芸是你的亲生女儿，和你离婚？"

"她会这么做的。"安阳说。

"那最好，让她走好了。"

任红锦往安阳身上一扑，紧搂着他幸灾乐祸地说：

"本来她就是多余的。"

安阳扳开了任红锦的双手，严肃地对她说，不行，她一走，生意就要垮，生意一垮，那就啥都没了，还得回到过去那种穷日子。

任红锦说安阳是在蒙她，凉水井乡间和省城里，哪个不晓得安阳是靠贩茶叶发起来的？怕她个啥！

安阳告诉她，这是实情，他们是靠茶叶发起来的。在公司里，安阳负责的是茶叶的采购和加工，而茶叶的销售，也就是卖茶叶这一头，完全靠聂艳秋，离了她,茶叶就卖不出去。

"你不信吗?直到今天,茶叶仍是凉水井乡下山坡上四处可见的那些烂贱的茶叶,最好的那种,在赶场时也只能卖到二十五元钱一斤。你想一想,在凉水井周围团转所有的寨子还有哪个靠这些茶叶发了财?"

任红锦眼神游离,不置可否地回望着安阳,沉默了好久,才勉强地点了点头。

瞅着她的目光,安阳不能确定她永久不说,但他以为,事情至少暂时是捂住了。

不料,一波刚平,一波又起。

聂艳秋出差一回家,态度坚决地要任红锦母女搬出去,并且果断地采取了行动。她说,在省城里找一个打工的活,租房子,都容易得很,一切全由她来操办。

她是个能人,不但很快找到了那套两室一小厅的房子,还为李昌芸办妥了借读的小学,替任红锦介绍了一份在餐馆洗碗的活。这一切,她全是以任红锦名义办的。

除了向她表示谢意,安阳能说啥呢?

但是在心底深处,他在猜测,聂艳秋去茶园出差期间,也许突然想到了,他是和这对孤儿寡母住在一起的,况且任红锦虽说是个农妇,已三十来岁,但她的相貌还是很中看的。肯定是这一念头促使她回来后雷厉风行地采取了措施,也可能她是从任红锦平时的行为举止甚至眼神中,看出了啥子。

不过,聂艳秋什么都没对他说,没有表示过任何猜测和怀疑。

不幸的是,任红锦和李昌芸死了。

对于安阳来说,她们死得太突然了。尤其是李昌芸,终究是他的女儿啊。

母女俩住在孔雀苑的日子里,安阳时常会在李昌芸耍的时候,久久地凝视着她,陷入沉思。

他承认,这娃儿的脸貌眼神,这娃儿的一举一动,都有几分像他。

安阳几次在李昌芸入睡时,悄悄地走近过她的床边,久久地怀着复杂的感情端详着她。是的,这是他的女儿,他从没负过一点儿责任的女儿。正像任红锦说的,他和结发的妻子聂艳秋还没生儿育女,而他的心灵深处,是盼望儿女的呀。

是不是他无意中流露的这一份感情,让任红锦看出来了,任红锦才会得寸进尺地说,还要为他生一个娃娃呢?

是不是聂艳秋也从他的眼神举止中,意识到了一些什么呢?唉,婚后聂艳秋总说,现在生娃娃太早,太耽搁生意。她有远大追求,她有一套完整的计划,尽快地想要做大、做强,在几年之内,成为千万富婆,在多少年之后,成为亿万富婆,可作为妻子,她哪里晓得安阳的心事呢?

现在任红锦和李昌芸死了,不要说派出所有怀疑,就是安阳的心底深处,也是存有疑惑的。

煤气热水器的排烟管道里,咋个会堵塞着一团草呢?这团害人的草是什么人故意塞进去的呢?聂艳秋当然不可能干这样的缺德事,究竟是什么人干的呢?她那么聪明,那么能干,那么会支使人。她……

安阳不敢往下想,心头充满了疑惑。这疑惑堵在他的心头,搅得他吃不香、睡不安稳,谈生意时常常走神。

尽管如此,他也不能把这种疑惑说出来,他也不便把那一套房子是聂艳秋出面租的如实告诉民警小毕。他只能把一切埋在心里,他只能在心里对这件事情暗暗焦虑和自责。

正是这一自责歉疚的心理,使得他不断地回忆起往事,回忆起在缠溪的源头凉水井寨子上度过的日子。

安阳至今仍清晰地记得,被他推倒在小树林边的李幺姑朝他喊出的那句话,会对他起那么大的作用,以致影响了他这一辈子同女人的关系。

怪得很,以后的几天里,他一直在期待着李幺姑来找他,他一直在暗自想象真和任红锦在一起时会是一个什么情形。

他万万没有想到的是,在李幺姑为他安排这档子事情期间,他和李幺姑会急转直下地产生浓烈的感情,以致他在凉水井寨子卷进了一场感情的旋涡。

他不能明白的是,那个时候,李幺姑为什么能准确地洞察他的心思和下意识。直到进了省城,慢慢稳住了阵脚,生意有了起色,日子安定下来以后,恢复了中学时代养成的读书习惯,他偶然读到翻译进来的一本性学书,才渐渐地明白了自己当年是怎么回事。

在孤寂乏味的乡居生活里,作为一个身强力壮的男子汉,青春的洪流不断骚扰着他,撩拨着他,他的身心和生理上都有这一需要。

设在伦敦的杜里克斯公司在全球调查的结果显示,人们初尝禁果的平均年龄为十八岁。美国人最低，只有十六岁，德国人是十六点六岁，法国人是十六点七岁，英国和新西兰都是十六点九岁，马来西亚是二十岁，印度是二十点三岁，中国是所有国家中最高的，为二十二岁。

而那一年，安阳已足足二十七岁了。怪不得他那单身汉的日子，就连偏远山寨凉水井的妇女，都会在背后议论纷纷。

二

初夏里的赶场天，安阳睡够了懒觉，才起床。

天朗开了，这一时节的太阳，照得人眼花，是好天气。

安阳端起塑料盆，到堰塘边去清洗换下来的衣裳。

天色好，去赶场的寨邻乡亲都走了。寨子上比往常天清静了许多。

堰塘边，一个十来岁的小姑娘在用苞谷糊糊洗刷鞋子，另一个妇女在用洗衣棒"啪啪"有力地捶击衣裳。

走近了，安阳才看清楚，那妇女正是李昌惠的妈妈李幺姑。想要退回去，已经来不及了，洗鞋子的姑娘和李幺姑都已看见了他。

他硬着头皮走到堰塘石阶上，洗刷鞋子的小姑娘往一旁让了让说：

"安阳哥，我马上洗完了，腾出地方给你。"

说着，站起身，把鞋肚里的水倾倒出来，把一双双洗净的鞋子放进提篮，然后挽起提篮离去。

"安阳，来洗衣裳啊？"李幺姑眼睛望着离去姑娘的背影，主动招呼。

"清一下，昨晚上我都搓过肥皂了。"

"要不要我帮你清？打过肥皂的衣裳，要水大，才洗得干净。"说着，李幺姑笑眯眯地目不转睛地盯着他。

安阳怕看她的眼神，低着头说：

"我自己清吧。"

"哎呀，还客气，拿过来，三下两下就清洗干净了。"

李幺姑不由分说地夺过安阳手中的一件外衣，"砰"的一声张开丢进堰塘水

波里,又轻声说:

"你来得巧,我正说要去找你哩。"

安阳的心不安分地跳得连他自己都能听见。他的双手机械地清洗着手中的衬衣。整个人只觉得李幺姑近在咫尺,好像自己的心跳也会被她听见。

自从那天黄昏夺路而逃之后,他还是第一次和李幺姑这么近地待在一起。

那天夜间,他一晚上都没睡着。眼前总是晃动着李幺姑撩起衣襟不经意间露出的那一对鲜灵活跳的乳房。心里头总在回味着李幺姑和他说话时拂上颜面的热烘烘的气息,她那紧挨着他的宽大结实温热的身子,她那双粗糙的抚摩过他的手,以及在她抚摩时他感觉到的向着全身弥散的一波一波难以形容的舒适。特别是她最后出其不意地爆发出来的激情,那企盼和渴望的眼神,以及他的惶恐和一瞬间的快感。

他想得眼睛睁得老大,人也呆了。

是的,李昌惠站在他的身旁时,他不敢造次,不敢伸手揽她,不敢去亲她抱她。那时候,他怕一旦这么做了,李昌惠会更热情,发展下去,一发不可收拾。他有心理障碍。瘫在病床上的妈在拖了几年之后,才在春末离开人世。为替爹妈治病,欠了一屁股债没还,家中一贫如洗,他拿啥子东西来讨婆娘来结婚啊?他是一个穷光蛋,一个寨邻乡亲们不屑地说起来的"穷棒槌"。

他没有娶李昌惠的权利。况且,他自家不想窝在缠溪凉水井寨子上。把家中养的鸡、鸭、鹅、猪、牛处理完毕,收过这一季庄稼,把家里承包的责任田转包出去,还清大部分债务以后,至多再在凉水井寨子上待一年,他也想卷进民工潮,和寨子上好多好多青壮男女一样,走出山乡,最近也得走进省城,走到邻省那些大中城市,甚至走到北京、广州、深圳、武汉那些有名的城市里去打工赚钱。先是彻底还清欠下的债务,这是父母临终再三交代的。随后才考虑他自己的赚钱、存钱、发一笔小财,到了这一地步,他才有资格谈对象,考虑结婚事宜。他相信自己不笨,别人到外头的世界里去闯,能赚到钱,他也一定赚得到。可真到那一天,还远得很哪。

尽管孤身一人躺在床上时,他不知多少次想象过亲吻李昌惠、拥抱李昌惠时的幸福和陶醉,但他没有这个勇气,他始终把自己向往亲近李昌惠的欲望拼命抑制着。

孤寂的漫漫长夜,他只能在无奈的叹息、自慰和久久难以入眠的亢奋状态里干熬。而在李昌惠多次在他身旁露出可爱的笑吟吟的脸庞时,他只能泥塑木雕般茫然地瞅着她。

可李幺姑和他说的事就不同,他可以亲近任红锦,就像李幺姑赤裸裸说白了的,可以和她睡,抚摩一个鲜灵活现的女人,拥抱一个年轻漂亮的女人,和女人说亲密的情话,发泄自己早就盼望发泄的奔放的欲望,尝一尝和女人亲近的滋味,却不用负任何责任,人家甚至还从心里感激他。他有啥可以胆怯的呢?

不,他不是胆怯。他只是觉得这样的事说出口来,实在有辱他以往读书时对爱情的看法。他终究是县城中学毕业的高中生,终究读过十多年的书,对爱情有着种种美好的憧憬和诗意的向往。

可现在这是什么爱情啊?这纯粹是一场交易。

不过,是交易又怎么样呢?和他一起读高中的同学,没考上大学回乡务农、出外打工的,哪个得到了真正的爱情?就是考上了大学的,进了省城,不还风传出很多花边新闻吗?有的结婚后离了,有的各自分手后又另外找了,像走马灯一般。顶替了安阳名额进入农学院的陈一波,当时和于亿青爱得那么惊天动地,不也早分手了吗?

孤独地待在凉水井寨子上的安阳,表面上看去一天到黑都在劳作中过着平静的日子,唯独他心头清楚,他是性情压抑地打发着日复一日的山乡生涯。他苦闷,他不知什么时候能翻过身来,他更不能猜测哪年哪月可以名正言顺地娶妻生子。可他又是个健康人,他有欲望,有亲近女人的强烈渴望,尤其是在万物萌动的春夜,青春的洪流涌过他健壮强硕的身躯,他时常会被烧灼得不可抑制。正因如此,可以说在李幺姑向他提议的那一刻,他的下意识里就欣然接受了她的要求。

在竹笆床上渴念地细想这件事的时候,他已经不再惧怕李幺姑,他甚至盼着她快点来找自己。

他不知这事是真还是假,他猜也许这是李幺姑为了接近他而故意编出来的理由。这样两个人之间就有话说,且一说就说到男女事情上去了,很自然。他又察觉任红锦确实是多年没生下娃娃来,而在偏远闭塞的凉水井乡间,不孝有三无后为大的观念,还是十分顽固的。在这种观念支配之下,什么荒唐的事情都是可

023

能发生的。这几天,他留神到李克明几次对人说,要离家外出去打工。远远地看见了任红锦,安阳会有一种异样感,他会觉得这个干净的少妇比仍是少女的李昌惠更有吸引力。

"呆痴痴地想啥子?"李幺姑嗔怪地问了他一句,戏耍地掬起一巴掌水,泼到他的脸上来,"跟你说啊,算你福气,都谈妥了!"

安阳睁大眼疑惑地瞅着她。

"瞧你那模样,迷了。一会儿去我家,给你细说。还有你那天丢下的锄头,我替你拿回来了。"

堰塘水泼在安阳脸上,凉冰冰的,安阳一点都没知觉,他只是瞪大双眼凝神望着她。

李幺姑笑了:

"憨乎乎瞪着我干啥呀?听清了啵?"

安阳点头说:

"听见了。"

"给你,都清洗干净了。"

李幺姑把绞干水的几件衣裳扔给安阳。

"回去晾起来就成。记住,晾好了衣裳就来。"

最后那句,她是压低了浑厚的嗓门说的。

说完,她的眼角斜过来,深深地瞅了他一眼,把自己洗的垫单、被单、衣裳一一收进长腰形的提篮里,站起身来,转身离开石阶。

安阳在侧面看得分明,她黑得发亮的脸庞上,透着一片绯红,平时泼辣粗蛮的动作里,也含有几分羞涩。寨路上几乎没有人,安阳望着李幺姑晃动的背影渐渐远去,只觉得她有几分妩媚。

清洗完衣裳,回到冷清的屋头,把衣裳一件一件晾晒在堂屋门前的院坝里。

安阳又特意漱了漱口,换上一件赶场去穿的干净衣裳,带上两块肥皂。一块是洗衣裳用的肥皂,他想给李幺姑洗衣用;另一块是香皂,这是妈去世祭奠时,缠溪街上的一个亲戚送的。在贫穷的凉水井寨子上,这是稀罕的东西。

李昌惠家在凉水井寨子东头的一片竹林边,离安阳家并不远。

李昌惠几次邀他去玩耍,他都没敢去,就怕碰到李幺姑。这会儿是大白天,去她家里,会不会遇到李昌惠和她弟弟呢?

透过树叶的太阳光,斑斑驳驳地洒在青冈石阶寨路上。

迎面吹来的风里,带着山野里花儿的香气。

农户家园子里的翠竹,在雪亮一片的阳光里,泛着诱人的绿。

寨子外头的缠溪河面上,像洒了大把大把的银子,闪闪烁烁,好看极了。

真的是一派温馨迷人的田园风光。

安阳的神情有一点亢奋。

一条狗"汪汪"吠了几声。

走进院坝的安阳正在迟疑,李幺姑出现在堂屋的石阶上,吆喝住了黄狗。

狗晃晃尾巴,乖顺地蹲到一边去了。

"稀客呀,进屋头坐。"

李幺姑像凉水井人寨子上招呼客一般,推开了槛子门。

安阳环顾了一下院坝里的陈设,几只芦花鸡在啄食,刚才李幺姑洗净的被单、垫单全都晾晒在院坝里的绳子上。

只是走上台阶,定睛望着李幺姑时,他像不认识她似的暗自愕然。

李幺姑的头发梳得溜光水滑,乌黑乌黑地盘在脑壳后头,把她一张黑溜溜的脸,映衬得分外红润光泽。平时见着她,只看她把额前的头发留得长长的,遮住半个脸,也看不清她的脸庞。这会儿,她黑红黑红的脸呈好看的鸭蛋形。特别是她穿了一件花布新衣衫,贴身紧绷绷地绷严实了,把她丰满结实的身躯高低浑圆的动人之处,全显现出来,顿时显得年轻了好多。

她站在他跟前,胸脯挑衅般高高地耸立着。

看见安阳惊诧的眼神,李幺姑一笑说:

"你看呆了?这件花布衫,是前几年缝的,小了一点,快穿不得了。进屋吧。"

"真好。"安阳想说没说出口,只说,"你穿着很好看。"

说着,安阳跟她走进砖木结构的屋子。

"真的?"

李幺姑一边闩上门,一边转过脸问。听到他夸奖,她一脸粲然的笑,显得很高兴,两眼不由得闪着光。

"竟还有人夸我好看。"

见她闩上门,安阳这才想起了什么似的问:

"昌惠和昌华呢?"

"哦,"她淡然道,"两个娃儿,都赶场卖茶叶和魔芋豆腐去了。"

安阳怕遇见李昌惠的尴尬立刻消失了,心顿时安定下来。他从衣兜里掏出两块肥皂,说:

"这是给你的香皂,另一块洗衣用。我看你洗衣裳,光用棒棒捶。"

"你真是个有心人,太好了。我们家中,上一回买的肥皂,早用完了。"

李幺姑由衷地道谢,接过香皂,放到脸前嗅了嗅。

"好香呀,下回洗澡,我就用得上了。凉水井女人,洗头都用皂角。你瞅瞅,我这头发就是皂角洗的,亮不亮?"

说着,她亲昵地把盘得纹丝不乱的脑壳送到安阳跟前来。

她的头发乌光闪亮,梳得齐齐的。

安阳凑上去,出声地嗅了嗅鼻子,说:

"亮,有股清香气。"

"真的香吗?"她话音里透着惊喜。

"真香。"

她转脸媚媚地瞅他一眼,笑得十分灿烂。

"你没得说瞎话?"

"我说瞎话干啥子?你真是的……"

"你吃过早饭没得?"

"吃了,洗衣裳前就吃了。"

"吃的啥子?"

"甜酒粑。"

"再吃点儿,我煮了锦菜面条,吃一碗。"她不由分说地道。

"你说是啥子菜?"

"锦菜。"

"我家咋个没种过?"

"从我娘家寨子猫猫冲那边带过来的种子,年年都种的。"

"你是猫猫冲人?"

"是啊,偏远得很,山大,水险,可惜太穷了,猫猫冲的小伙子,都讨不到婆娘。可就是在山野里出锦菜,凉水井寨上好几户人家吃了,都说香,还问我要过菜种哪。"

李幺姑一阵风般跑进灶屋,只一会儿,舀进一小碗面条来,两眼忽闪忽闪地瞪着他说:

"你尝尝,还是热的。"

安阳见只是小小一碗,也不客气,接过碗来,先嗅了嗅,奇了,碗中透出一股诱人的清香。他撩起面条吃了一口,哎呀,入嘴的感觉好极了,清香中透着爽凉怡人的滋味,醇醇的,美美的。真没想到,一种蔬菜,能有这种特别的滋味,真是奇事。他夹起碗中的菜叶,细细咀嚼着,满嘴都是舒适惬意的感觉。

安阳边咀嚼边点头问:

"你呢?吃了吗?"

"我刚吃完。"

见他吃得津津有味,她的嗓音放低了,柔柔地带着股特殊的韵味问:

"味道咋个样?"

"好吃,好吃。我从来没吃过这么香的菜。"

"那就再吃一碗。"

"吃不下了。"

安阳把一小碗面条吃完,满意地点着头,要把碗送回灶屋。

李幺姑接过碗,边走向灶屋边说:

"我去放,顺便替你倒一杯茶来。"

一会儿,李幺姑就端着一小瓷杯茶,走到跟前递给了安阳。

不知为啥子,安阳的心头热乎乎的。他一个人生活着,屋里屋外都觉孤独,像这样被人照顾的感觉,已经好久好久不曾有过了。他接过茶杯,呷了一口茶汤,只觉清香四溢,不由得叹道:

"真好喝。"

"这就是我们凉水井的土茶,烂贱得很,昌华、昌惠挑一担去卖,也卖不到几个钱。你喜欢,一会儿就拿点去。"李幺姑大方地说。

这情况安阳晓得。今年的采茶时节,正逢他妈去世,他忙着料理后事,根本顾不上到坡上采茶叶。等到一阵大忙过后,采茶的季节已经过了。可以说,李幺姑这杯茶,是他今年喝上的头一杯新茶。

他垂眼瞅着杯中一汤见底的片片舒展开的嫩叶,忍不住又喝了一口。

李幺姑从他手中接过茶杯,邀道:

"走,到里头坐。"

说着,她轻轻逮他一把。

安阳随她走进里头那间屋,不由得收住了脚。

"进来呀,咋停下了?"

"这是……"安阳有预感了。

这里是李幺姑的卧房,窗帘没拉开,里头光线暗淡。

"你随便坐。"

李幺姑把茶杯放在桌上,重重地推他一把,又转过身去,把卧房门关上,牢牢地闩紧。

屋里顿时变得更幽暗了。

安阳晓得要和李幺姑之间发生一些什么了,他的心"怦怦"撞击般跳着。他觉得自己有些期盼,又有点惶惑不安。他看见李幺姑的动作也有些不自然,忙乱而又局促。他的眼前闪过那日黄昏在寨子外小树林里的一幕,不由得屏紧了呼吸。

说是随便坐,屋头就一张床,床上的帐子撩开着,被子折叠得整整齐齐。

安阳坐在床沿上。

李幺姑几大步走到安阳跟前,一只手亲昵地搭上他肩膀,直率地训笑道:

"你看见了,门闩紧了。你要跑,也跑不脱。嘻嘻。"

"我不跑。"

安阳的心,像要跳出心口,激动万分。

"那……那天我跑远了,才有点悔。"

"悔啥子?"

李幺姑几乎是无声地发问,她的双手不安分地抚摸着安阳的肩膀,坐到他身边来,紧紧挨着他。

"悔我不该离开你……"

"还有呢?"

李幺姑边说话边把安阳的身子扳转向她,好像对他早就熟悉了似的。双手从他的肩膀,转而抚摸着他的颈脖,轻扯着他的耳垂,又抚摸他的脸,仿佛她有权利对安阳亲昵一般。

安阳不再躲避,不再梗着脖子,只是任凭她那双粗实的手,一遍遍抚摸着自己。他的胸脯不停地起伏着,双手也不由自主地伸过去环抱着她的腰肢。

他感觉她的肌肉抽紧了一下。

她催促说:

"你说呀,咋不往下说了? 我要你说。"

"悔我一把推倒了你。回到寨子上,我真担心你摔伤了。"

"你真这么想着我?"

"真。"

陡地,她的双手一左一右扯住了他的两只耳朵,两眼睁得大大的,凝视着他,两片嘴唇饥渴地嚅动着。

安阳的呼吸急促起来,眼睛里只看见李幺姑黑黝黝的泛着激动光泽的脸,李幺姑耸得高高的胸脯挺起来又退下去,花布衫下像有两只兔子不安分地在拱动。

安阳只觉得李幺姑身上的气息要把他吸附过去,他不知不觉地向着李幺姑越挨越近。

李幺姑嘴里低低地吼出一声,猛地把安阳的脑壳重重地一扳,紧搂在她的怀里,颤声唤着:

"幺……我的幺弟,亲幺弟!"

安阳浑身也随之一颤,他的脸埋在她柔软温香的怀抱里,贪婪地嗅吸着从她的身上散发出的芬芳。他的双手也紧紧地抱住了李幺姑。

他的脑壳一阵眩晕,他记得那天黄昏她也喊了一声"幺"。在凉水井,已婚的女子常常口没遮拦,对付那些说下流话挑逗调戏她们的男子,她们经常叫这些男人"幺儿",以从气势上压倒他们。那天李幺姑喊出一声"幺",安阳以为她也是如此,不由得感到受了侮辱。这会儿,听清了她是喊他"幺弟",他不觉一阵感动。

隔着花布衫,安阳的双手也轻柔地抚摩着她的背脊,那是成熟女性柔软温润的体态。

李幺姑的身子往起一耸,利索地坐在安阳的膝盖上。

安阳顺势紧紧地环抱着她,一只手试探地托住了她颤动不已的乳房,就是不敢用力。

"摸,你摸呀,亲幺幺。"

李幺姑眼花迷醉地瞅着他,催促说:

"跟你说,摸着我舒服,你、你还怕个啥……"

安阳轻轻地抚摩她的乳房,心头"突突"地跳,感到从未有过的酥软和惬意。

李幺姑从肺腑里吁出一口长声"幺幺"的呻吟,她双手紧抱着安阳,激动得发烫的脸颊紧紧地贴在安阳的脸上。

"快活死了呀,安阳,你……你真愿同我好?"

"愿。"

"喜欢我?"

"喜欢。"

"喜欢我的啥子?"

"喜欢你的脸……"

"好看吗?"

"美……"

"还美呢,丑死了。"话是这么说,可她的声气是出自肺腑般欢乐的。

"哪个说?"安阳正色道,"瞧你的脸,眼睛是大的、亮亮的,鼻梁是直的,嘴唇是厚实的、发亮的,身子骨是健壮的。凉水井寨子上,有人眼睛大,鼻梁是塌的,有人嘴唇薄,眼睛是小的。哪个女人能同你比……"

"啊唷,安阳,你把我夸得要成仙了!"

李幺姑的脸上泛过一阵一阵兴奋的红晕,没待他讲完,李幺姑声音发抖地叫起来。

"我是说的真心话。"

李幺姑的额头抵住了安阳。

"可我脸黑……"

"我喜欢。"

"再说一句,安阳,说……"

安阳想起了过去书上的话,忍不住说:

"我爱你,幺姑。"

"哦,好安阳,你再说一遍,说呀!"

"李幺姑,我爱你。"

"哎呀,我真欢喜不尽了,安阳,晓得为啥子吗?"

安阳摇头。

李幺姑声气发颤地说:

"昌华的爹,我都和他生下两个娃娃了,他也没对我说过一句这样亲的话。安阳,我的心都欢得在抖。"

阵阵惊喜掠过李幺姑的脸,她战抖地张开两片嘴唇。

安阳笨拙地耸起嘴迎上去,热辣辣地吻着李幺姑。

"噢——"

李幺姑不由得长叹了一声,把嘴迎了上来。

她的嘴唇黑里泛红,润泽而又丰厚。她一边启嘴热烈贪婪地回吻着安阳,一边把脑壳向后仰去,嘴里发出一声接一声幸福而迷醉的"哼哼"声。

安阳被她的"哼哼"声激励得浑身发颤,心头一阵阵地发慌。他只觉得她嘴里吐出的每一丝气息都是清凉香醇的,不由得大胆地微张开嘴,在她黑溜溜的额头、眼角、鼻头、脸颊、下巴上投下一个又一个热吻。

他吻得越密集、越激烈,她的"哼哼"声越是悠长。"哼哼"声里,她不自觉地晃摇着脑壳,一声连一声地叫着:

"幺……亲亲,我快活得喘不过气来了,我要昏过去了。你、你……我的亲幺幺……"

安阳感觉到她丰硕的身子在颤动,她的双腿在踢蹬,微张着嘴在吁气般快活地呼吸着。

安阳的手探索地抚摸着她滑爽的胸部,他轻轻地怕撕烂她的衣衫似的托住她的乳房,柔柔地舒展开巴掌,一遍一遍地抚摸着她、微揉着她、轻抓着她。

李幺姑的"哼哼"变成了呻吟,从肺腑里发出了由衷的轻唤:

"安阳,好快活啊……我的魂灵都给你了,你、你……噢,你……"

她陡地坐了起来,像提醒安阳般悄声道:

"快、快把布衫脱了吧,绷紧了难受。"

安阳笨手笨脚地去解她斜襟花布衫的纽扣,纽扣却是紧紧地扣着,一个也解不开。

李幺姑自己一伸手,才一会儿,一排纽扣全解开了。

她轻声急促地说:

"你替我脱下。"

安阳把她的花布衫脱在床上,李幺姑的两只乳房直挺挺地绷了起来,安阳瞅着一览无余的幺姑的胸脯,顿时又骇然呆住了。

李幺姑的脸乌漆墨黑,像涂了炭。可李幺姑的胸脯背脊,雪白一片晃着他的眼。不是她活生生地站在安阳面前,简直不能让人相信,她的身子和脸庞,是一个人的。

"又呆了?"李幺姑不无揶揄地偏转脑壳笑着问。

安阳看得出,她的笑容像在讨好他。

安阳伸出手去,李幺姑的皮肤润滑细腻,像能挤出水来。一对高高耸起的乳房,樱桃般的乳头在微微颤抖。

"你美极了,幺姑。"

安阳尽力张开双手抚摸着她丰满的双乳,感到从未有过的愉悦和激动。

李幺姑大睁双眼问:

"你喜欢吗?"

"还用说。"安阳唯恐碰痛她一般轻抚着道。

李幺姑赞赏地叹息着说:

"真舒服,安阳,真快活,真好。安阳,你想一下,这一对鼓鼓的、大大的、你喜欢的乳房,就是没人摸、没人亲。那些个夜晚,胀得我直想凄声惨惨地叫啊。特别是开春打雷的日子,这屋头又闷又热,我脱光了衣衫躺着,被子都盖不住……"

不待她说完,安阳情不自禁地埋下脸去,含着她一个乳头,轻轻地哑巴着,用舌头舔着,遂而又大张嘴巴,似要吞下她整个乳房一般,狂吻着她。

李幺姑的双手托起自己的乳房,自傲而又欣慰地瞅着安阳,任凭他轮番来回地亲着舔着吮着,脸上带着满足和享受的神情,一声声长吁短叹着。

终于,她紧紧地抱住了安阳说:

"幺弟,脱衣躺下吧。我全身都要烧起来了。"

安阳温顺地应了一声,他按照幺姑的吩咐,脱尽了她的衣裳,把她黝黑的脸庞和雪白的躯体看了个够。继而他又四肢战抖地脱去自己的衣裳,钻进李幺姑已经铺开的薄薄的一条被窝里。

被窝里暖烘烘的,他嗅到了一股浓烈的从李幺姑身上散发出来的温馨体味。他迷醉地胡乱亲着李幺姑的肩膀、颈项、臂膀,紧紧地抱住了同样激动不已的李幺姑宽大结实、皮肤光滑的身子。

李幺姑双臂铁箍一般环抱着安阳,嘴凑近安阳的耳畔问:

"跟幺姑说实话,安阳亲幺幺,你年岁也不小了,同别个女人睡过吗?"

"没得,从来都没得。"安阳郑重申明着,直摇脑壳。

李幺姑满意地笑了,扎扎实实地吻着他说:

"我也看得出你没得。那么,就让我教你吧。来,你莫慌,千万莫慌。哎呀,喊你莫慌,我自己都慌乱了。"

她没说瞎话,搂抱安阳的双手都激动得在颤抖。她吁了口气说:

"安阳,你莫怪我,千万莫怪,我、我……我也有多年没同男人待了,我、我……你不要急,对、对头,就这样子……"

说话间,她的眼角沁出泪来。

安阳笨拙而又重重地拭去了李幺姑眼角的泪,那泪水旋即又溢了出来,安阳只得不去拭了。他回望着李幺姑,局促地喘着粗气。

在李幺姑的抚摩、鼓励和引领下,刚尝试着要把自己送进她的身子,感觉人生第一次的那股惶惑、狂喜、欢悦时,一个粗大的嗓门伴着敲门声炸雷般响了起来:

"下大雨了,幺姑,你晾晒的被单打湿了!"

C

　　安阳和女人肌肤相亲的性关系,就是和比他大几岁的凉水井乡间女子李幺姑之间开始的。

　　他是一个大龄的童男子,而她呢,则是一个有着两个儿女的寡妇。他们之间实在没有多少爱情,纯粹是性的吸引。李幺姑的身子需要他,他也需要李幺姑。

　　似乎从一开始他们就明白,这种关系不可能发展成正当的爱情,更无农村里传统婚姻物质和精神的基础,也不可能有什么好的结果。

　　但是,安阳还得承认,由于有了性的关系,他对李幺姑是有感情的,毕竟她是他的第一个女人。没有一个人,会把他在人世间与其第一个发生性关系的人,彻底忘怀了的。

　　他发现李幺姑也是这样,她以一个比他年长几岁的过来人的心态爱着他,喜欢着他,迁就着他。

　　她和他睡在一起,固然是多年守寡造成的生理需要,有一种本能的欲望,可她仍是出自内心地喜欢他的。如果仅仅只是为了性的满足,她又不难看,完全可以在凉水井寨子的男人们中间找一个相好。

　　像那些名声坏的女人一样,这种被村寨上称作"破鞋""烂婆娘""破屁股"的女人,在凉水井团转的村寨上,也是时有所闻的。可安阳在凉水井寨子的多年生活中,从未听人说过守寡的李幺姑生活作风上一丝一毫的不检点。

　　只是,安阳充满希冀、充满憧憬的美好时刻,他的人生第一次,却是以难言的沮丧结束。

三

伴随着这一声吼,安阳慌张地跌落在李幺姑身边。

眼前晃过李幺姑晾在院坝里的被单,几乎是在同时,屋外喧嚣的雨声清晰地传进来。

安阳不由得浑身一哆嗦,支身坐了起来。

堂屋门上又被拳头重重地捶击了几下,那个人还在大声叫着:

"李幺姑,李幺姑在家吗?下大雨了,院坝里晾晒的东西全打湿了!怪了,屋头像是没人哩。"

安阳转过脸去,李幺姑像没听见人家的呼叫似的,大睁着双眼,敛声屏息一动不动地躺着。

见安阳瞅她,她伸出一条胳膊,不由分说搂住了他,不悦地悄声道:

"不要去管它,等到穿上衣裳跑出去,被单全淋湿了。你听听,雨下得多大。"

屋外的雨下得"唰唰"的一片。

安阳同时想起了自己晾晒在院坝里的衣裳,不无忧心地问:

"湿透了,那咋个办?"

"再漂洗一次就是啊。"李幺姑宽慰地说着,爱怜地把安阳往自己的身上搂。

"瞧你,惊出一身的汗。"

"你不也是。"

安阳承认,刚才和李幺姑黏在一起,全身像着了火,狂放得啥都听不见了,一点没发现外头下起了雨。

李幺姑抓过安阳的一只手,往自己的脸上贴去,说:

"你摸摸,安阳,我的脸好烫好烫。"

安阳能感觉她的脸烫得惊人。

李幺姑的手抚摩着安阳的脸,惊讶道:

"你的脸咋个是凉凉的?"

不待安阳说话,李幺姑把自己发烫的脸亲昵地挨近安阳,凑近他耳畔,迫切地说：

"安阳,我还想要。刚才没做成,我身上的火刚刚燃起,就让一瓢水泼熄了。"

说着,李幺姑把整个身子贴向安阳。

安阳也有同感,只是他的心"怦怦"跳,浑身蓄足了的劲在刹那间消失了。

李幺姑抚摩着他,很快察觉了这一点。

"你是咋个了？一点劲都没有了。瞧你刚才,多强悍、多雄壮、多好啊。"

安阳充满歉意地赔笑说：

"我、我只是心慌。"

"慌个啥呀？这屋头,就是我们两个。门都闩紧了,没人进得来。"李幺姑有点不高兴,率直地道,"来,让我帮帮你。"

"可我觉得,那个人还在你家门口屋檐下站着。"安阳慌张地说,"他是哪个呀？我没听清嗓门。"

"还有哪个,昌惠家大伯,李克全,就爱管闲事。"

安阳眼前闪过寨子上一幢青砖的二层楼房,楼房里置了电视机,晚上常吸引着男女老少的寨邻乡亲们去看的。李克全那一张胡子拉碴阴沉的脸,也在安阳脑壳里一晃一晃的。

安阳定了定神,不由得悄声问：

"他会听见这屋里的声音吗？"

"瞧你胆子小的。听不见,我闩紧了两道门呢。"

"可他就在门前……"

"他走了,敲完门就走的,我听得清清楚楚。你莫慌,安阳,我好想你,好想要你。来,安阳,亲幺弟,我们都钻在一个被窝里了,你还慌啥子？"

李幺姑说着就伸出双手,在安阳身上轻柔地抚摩起来,一边抚摩一边低低地唤：

"安阳,我的亲幺幺,你晓得吗？今天在堰塘边遇不到你,我也会去找你的。怪得很呢,自从你家妈去世以后,只要闲下来,我的眼前就会晃悠悠地出现你的脸。一来是寨子上青壮年汉子都出去打工了,留在寨子上的汉子就数得过来的那么几个,而你那样子年轻,每天进门、出门就一个人,没个女人疼,可怜;二来昌惠姑娘总在我面前提起你,说你学问咋个好,见识如何多,说你会教她做题目,还会讲故事、烙北方人吃的饼子。哎,你是怎么了,我这样子对你说情话,摸你,你硬是没一点劲了呢?"

李幺姑坐起半边身子,凝视着安阳。

安阳慌得不敢回望她,只是低声说:

"刚才那一声吼,我背脊上就像被抽了一鞭。再想提起劲来,背脊上一片凉,就是不行了。"

李幺姑眼里掠过一阵明显的失望,嘴里却淡淡地说:

"那只是受了惊,没得关系,来日方长呢。"

安阳也搞不清自己的生理是怎么回事。他的脑壳里头浮上好友李克明清瘦的脸,这个结婚多年的伙伴,没生下个娃娃,碰上的不就是这样的情形吗?难道自己也遇上了这种倒霉事?这可咋个办?安阳心底深处升起一股沮丧。

他不安地抓起李幺姑的手,捂在嘴前嗅着、吻着,还把她的指尖,一只一只含进嘴里,深觉歉意地讷讷道:

"幺姑,我、我爱你。"

"瞎话,"李幺姑抽回自己的手,低低地厉声说,"你能娶我吗?我会嫁你吗?"

"呃……"安阳说不出话来了。

"不过,我还是喜欢听。"

李幺姑放缓了语气,把安阳扯进自己怀抱,双手搂抱着说:

"说真的,不要说你,连我自己,都有些喜欢上你了。我真巴望我们俩快快活活做成这件事情,你天天晚上陪我睡在这张床上。我愿意你一辈子睡在我身旁。可不成啊,一会儿昌惠和昌华赶场就要回来……"

安阳又是一阵紧张,忙问:

"下起了大雨,他们会提前回来吗?"

"不会。"

李幺姑更紧地抱着他,似在让他安心。

"还不知那一挑茶叶,在下雨之前卖脱了没得。若是还没卖脱,他们只会回来得比往常晚。"

"为啥子?"

"茶叶淋不得雨啊。非得等雨完全停了,他们才能回。可他们回得再晚,你也要离去。"

安阳无奈地叹了口气说：

"我怕撞见他们。"

"莫怕。"

李幺姑安慰般轻拍了他一下,又在被窝里伸过腿来,有力地盘住他身子。

"还有好一阵可以睡,说说话。"

"幺姑……"

"不要喊我幺姑。"

"为啥?"

"我是你小姑,就大你一辈。老辈子咋个能同小辈子睡在一起呢？听了让人觉得不舒服。"

"那喊你啥?"

"喊姐。你二十七,我三十出头,比你大几岁。"

安阳想问大几岁,转念一想,又住了嘴。他想到李昌惠十六岁,李幺姑就是十八岁生下李昌惠,至少也有三十四岁了。她一定不愿说比他大这么多,安阳改口小声问：

"姐,你叫什么名字?"

"任玉巧。"

"那我就喊你玉巧,玉巧,多好的名字!"

"唷,连我自己都快把这名字忘了。要得,你就叫我玉巧好了。"

"玉巧。"

"哎。"

任玉巧撒娇一般把脑壳往安阳怀里一扎,一头原先盘得光滑溜净的乌发,都蓬散开了。

"安阳,你想,昌惠十六,昌华十四。昌华三岁那年,他们的爹李克进就在煤洞里被砸死了! 我一个人拉扯大两个娃娃,多少年了呀!"

"十一年了。"

"是啰,十一年,多么难得熬。"

安阳被她的语气所感染,支撑起身子,俯下脸去,在任玉巧的脸上,重重地吻了一下,似要以自己这一吻表达他的歉意,补偿回她。

任玉巧的两片嘴唇,生动地耸起来,迎候着他的亲吻,牢牢地吮着他。

安阳的手不安分地抚摸着她饱满的乳房,由衷地感觉到阵阵快意和同女人相拥的甜蜜。他的眼睛瞅着任玉巧黑俏的脸,又望着她雪白一片的乳沟,嘴里不由得咕哝着说:

"真怪,你的脸黑成炭,身上又白得像雪,反差咋会这么大?就好比两个人。"

任玉巧的手在安阳身上轻轻游动着,柔柔地抚摸着,遂而一把捏住他的两片嘴唇,突如其来地问:

"安阳,你同其他女子,抱紧了亲热过吗?"

"从来没得。"

安阳急忙摇头,他不知任玉巧为何这样问。

"那么,和其他啥子姑娘相好过吗?"

"也没得。"

"胡扯,我都听说过,原先缠溪白岩寨子上的姑娘周亚竹,和你一同进农中、去县城读高中的那个,和你好过。"

"那是谈过一阵恋爱。"

"是啊,谈恋爱时,你亲过她吗?"

"……呃……"

"说实话。"

她的手又揪一把他的脸颊。

"我都是生过娃娃的人了。"

"亲过。"

话一出口,安阳就感觉到任玉巧抚摸他的巴掌立刻僵硬地在他背脊上停住了。

他惶惑地补充了一句:

"就是在树林里,偷偷摸摸地亲一下就分开。"

他尽量讲得轻描淡写。

"你摸过她吗?"

"啥子?"

"摸过她身子吗?"

"摸过,只是隔着衣裳。"

"奶子呢?"任玉巧直率地追问。

"也是隔着摸的。"安阳回答的声气,越来越低弱,"她不肯,防备得特别严。"

"那么……"

任玉巧坐起身子,上半截身子全都裸露在安阳面前。

安阳忍不住又去轻轻摸着她鼓鼓的乳房。

任玉巧一把按住了他的手,不让他动,正色道:

"你碰过昌惠吗?"

"从来没、没碰过她一下。"

"你发誓。"

她的目光逼视着他。

"发誓没碰过她。"

"这才是我的好幺弟!"任玉巧喃喃地说,"安阳,跟你道实情,在家中,只要一听昌惠叽叽喳喳不停嘴地摆你的好,一脸喜欢地夸你,我的心头就发毛,晚上烦躁得睡不着……"

"为啥子?"

"我真怕你神不知鬼不觉地把她拐跑了。"

"你咋把我想得这么坏?"

"不是我把你想得坏啊,安阳,这种事情赶场天听得还少了吗?两个人悄悄地好上了,家中的父母不答应、不同意,小伙子就会裹上姑娘私奔,跑得远远的,东北啊、海南啊、新疆啊,远到天边的地方。你要生了这种心,我敢说昌惠会跟着你去的。那样的话,我就惨了。"

"我哪会做这种缺德事。"

"我怕啊,我愿让你尽快地尝到女人的滋味呀。"

任玉巧说着,转过半边宽大的身子,重重地朝着安阳压过来,仿佛赏他一般,用手托起自己的乳房,往安阳脸上送过来。

"亲着它,你亲着它呀!"

安阳一口噙住了她的乳头,贪婪地轻轻地品咂着。

任玉巧的手插进安阳的头发,把他的头发胡乱地摩挲着,脸随之贴在他脑壳上说:

"也难为你了,这么壮实的一个汉子,连年连年没个女人伴。"

她的手又在他的身躯上探索着柔声问:

"你就不盼望一个女人?"

"盼。"

"盼不来咋个办?"

安阳抬起头来,他又想起了那些个漫长的孤寂冷清的夜晚,吁了口气说:

"有啥办法,熬呗。"

"瞧你,说起这话,眼泪都出来了。"

任玉巧伸手拭去安阳眼角的一滴泪,长叹一声道:

"我同你,是一样的呀。十多年里,我这身子,就没一个男人来挨过。"

"真的?"

"还会假?"玉巧坦诚地说,"不挨、不碰,不等于我不想啊。跟你说,这事情有点怪呢,前几年还熬得住,这些年,就是、就是……"

"就是啥子?"

"就是刚才敲门的李克全家买进了电视机,知道吗?"

"晓得的。"

"去看过吗?"

"我去得少。"

"有空可以去看的,节目好多的。跟你说,农闲时节,我也跟着昌华、昌惠去他家看的。有时候电视上一放那些男女相好的镜头,我的心就毛了,跳得特别凶,半天都缓不过来。不知是咋个回事情,回家孤身一人躺在床上,就会想啊,有时候想得简直要发疯。有一回赶场,昌华忽然不见了,人家指我去街上的录像厅里找,昌华倒不在里头。可我一进去,人家就要收钱。我说我不看录像,是找人,找自家娃娃。找人、找娃娃也要收钱。我心里说,钱都付了,就看一阵吧。哪晓得,正在放的那个录像,净是男女脱光了躺在床上的那种事……"

"你看了?"

"看了呀,乌漆墨黑的,总要等人家放完一盘,我才能晓得昌华是不是在里头。这一看,坏了呀,脸红得直发烫直发烧,心头跳得那个凶啊,就如同喝醉了酒,脸上热潮潮的。退不下去不算,晚间躺在床上,看到的东西尽在眼前晃啊。安阳,你想一想,我是个女人呀,刚才,听到我低低地号了吗?"

安阳想起了她刚才踢蹬的双腿,紧紧地抱着自己,左右晃着脑壳,连声忘情呻唤的模样,点了点头说:

"听见了。"

"和你,真是十多年里的头一回啊,你没见我出了一身的汗,把新换的垫单都打湿了?"

安阳不由得伸手过去,捋了捋她被汗粘在额头上的乌发,带了点歉疚说:

"我见了。"

"这之前,我只有拼命地干活路,忙了田头的忙屋头,忙了屋头的又想着上坡去找点什么可以换钱。男人喊累吃不消的活,我也去干。"

任玉巧大睁着一双眼睛,泪花在眼眶里转动着说:

"凉水井的老乡都认定了我是要多赚钱,拉扯大两个娃娃。这也是实情,可他们哪里想得到,我就是要累着自己,干得筋疲力尽,黑了一躺下,就能睡着。哦,睡不着的那些夜晚,真难得熬啊!原先猫猫冲寨子上,流传着一首寡妇歌,你听说过吗?"

"没得。"

"歌里唱的,就是我的生活。不信,我唱给你听。"

任玉巧兴致勃勃地抿了一下嘴,舔了舔舌头,低低地唱了起来:

想想我的娘,
真不该养我这姑娘,
二十出头就守空房,
越想越心凉。

想想我的房，

好像冷庙堂，

鸳鸯枕头对面摆，

背时婚床不留郎。

想想我这身，

要嫁背骂名，

一双娃儿缠住身，

就像一个女和尚。

想想我自己，

没得好福气，

活着不如早早死，

早死也好早投生。

柔柔的、轻轻的歌子唱毕，任玉巧已是泪流满面，两片嘴唇不时地颤动着。

安阳一边替她抹泪，一边说：

"你这哪是猫猫冲的寡妇歌，我看你唱的就是自家。"

"是啰，"玉巧承认道，"我是把古老的寡妇歌，改了几句词。闷愁得喘不过气了，就独自个儿待在一处，唱几声发泄发泄。"

"有一回，我路过你家的田块，听见你唱的。"

"真的吗？"

"听来好凄惨的。"

"那还能好听吗？安阳，屋头有娃娃，感觉苦的时候，我真是连个哭处都没得啊。你细想想，天天风里来，雨里去，太阳晒，山风刮，我这张脸，能不黑吗？"说到末了，任玉巧又呜咽起来，抽泣着说，"晒黑了也好，黑了就没男人来缠我。"

她终于哭出声来。

安阳把她扳躺下来，他又闻到了她身上那股醉人的体味，既温润又甜美。他把脸贴上去，吻着她垂泪的眼睛，又把嘴唇张开，贴在她脸颊上，用自己的唾沫，滋润着她热得烫乎乎的脸颊。

任玉巧充满委屈地把自己的泪脸在安阳脸上磨蹭摩挲着，哽咽着说：

"当姑娘时,好些姐妹都妒忌地说我,是个晒不黑的俏女子哩。"

安阳的嘴凑近她耳畔说:

"就是晒黑了,你仍然俏。黑里俏。"

一句话,逗得任玉巧破涕为笑:

"你这么讨人喜欢,怪不得连昌惠这样的娃娃,都说你好。"

安阳申明般道:

"我一直把她当个娃娃看待,一个可爱的小妹妹。"

"现在不是小妹妹了,"任玉巧更正道,"是小侄女。"

"轰隆!"

一声雷响,跟着又是一阵霹雳,一道火闪急速地扯过,把幽暗的小屋,瞬间映得雪亮。

闪电过后,卧房里更显晦暗了。

嘈杂喧闹的雨声,下得愈加大了。

屋子外头的水沟里,也响起了淌水声。

任玉巧坐起身,逮过花布衫往身上套着说:

"说着话咋个天就黑了?这会儿啥时辰了?"

安阳心中发慌,乖巧地起身穿着衣裳说:

"赶场的该回来了吧?"

"不会这么快。"

任玉巧穿好衣裳,手脚麻利地整理着床铺说:

"躲雨,还得躲一阵哩。你耍一阵再走。"

安阳提醒说:

"外头的东西,你还没收呢。"

"收进来也淋湿淋脏了,急个啥?"

任玉巧铺完床,又走近他身旁,兴致未尽地紧紧搂着他说:

"你再待一会,让姐好好抱抱你。"

安阳感觉得到她抱得很紧、很有力。作为一个男人,他觉得自己未对任玉巧尽到责任,没让她感到快活和满足,心头涌起一股莫名的歉疚。

他低头久久地吻着任玉巧。

卧房里出奇地静。

屋外的雨声喧闹地落个不停。

从寨路上传来一阵"踢踢踏踏"的脚步声,还有熟悉的男女寨邻乡亲的说话声。

"赶场的回来了。"

安阳警觉地转了转眼珠,慌神地说:

"我走了!"

"真舍不得你走。"任玉巧一动不动抱紧着他说。

"我也是……"安阳点头说。

任玉巧把他的身子往后边逮着说:

"不要从前头走,就从后头小门出去。"

说着,她转过身去,把卧房闩死的小门打开了,一阵雨声扑进屋来。

小门外头,是一片蒿竹林。

安阳一步跨出小门。

任玉巧又一把拉住他,双眼亮灼灼地望着他,小声叮嘱说:

"哎,睡觉时警醒些,得空我去你那里。"

说完,两眼睁得大大地瞪着他。

安阳回望了她一眼,"嗯"了一声,几大步拐进了蒿竹林里的小路。竹叶梢梢上的雨水,被他碰撞得纷纷洒落下来。

D

接连几天,安阳都处在惶惑的沮丧之中,稍一空闲下来,他就会情不自禁地想起和任玉巧在床上的狼狈情形。

一阵阵的疑惑在他脑壳里头盘旋。

这会是咋个回事呢?是不是真像有的汉子说的那样,人到了该结婚的年龄,就该结婚,婚结得迟了,男人那方面的本事就会减弱?

还有人说,单身熬得久了,自慰得多了,也会伤身体,出问题。那就糟了呀。

如果真有了病,那还算啥子男子汉哪!

而所有这些困惑与不安,又不能向任何人去说,去询问。故而好几天里,安阳的情绪十分低落,经常是闷闷不乐的,沉着一张脸。

他很想再找机会和任玉巧在一起,可任玉巧不是一个人,她有儿女,特别是她的女儿李昌惠,对他有过朦朦胧胧的感情。她呢,一个寡妇,也不能悄悄地走进他家里来。

安阳心头烦躁极了。

其实,安阳内心的猜疑、颓丧和不安都是多余的。没多久的一个清晨,他就向任玉巧证实了,他是个正常的雄壮汉子。

安阳不明白的是,甚至直到今天仍令他不能理解的是,对他怀有不同寻常的一份感情的任玉巧,为什么还要把他推到任红锦那里去,执意让他和任红锦去生一个娃娃?

她不是也爱他吗?

她不是还妒忌吗?

那么她为什么还要这样做?

况且是在他刚和她度过了那个难忘的清晨,在离去之前,她几乎是央求他去和任红锦成为相好的。

现在想起来,安阳还觉得,那一切都像是场梦,难以言说的情梦……

四

麻雀和别个小鸟的啁啾把安阳从酣睡中唤醒过来,他感到从未有过的神清气爽。

是县城给他的印象太多、太杂乱、太热闹、太新鲜,还是他确实觉得太累了?

昨晚上一睡下去,几乎还没来得及细细地回味一下县城之行的收获,他就睡着了。

以往在凉水井寨子,干了一整天农活,半夜都会有醒来的时候。昨晚上他竟一觉睡到大天亮,真是难得。

要说累,在县城里甩起双手来来回回逛了一天,真没在田土里干农活累。

他只是觉得身心疲惫,极度地疲惫。

一别县城快七年了,县城的变化竟那么大,他简直是不适应了。街上那么多的车,十字街头那么多的人,到了入夜以后大街上灯火辉煌,简直同白天没啥子差别。

这哪是他读高中时的县城啊!

哪家的一只公鸡长长地啼叫了一声,安阳凝神听着,竟有一种亲切感。

继而,寨邻乡亲家里的鸡,此起彼伏喧闹地啼了起来。

安阳瞅瞅窗户,天蒙蒙亮,正是凉水井寨子的拂晓时分。

他想趁这安宁的时刻,好好地把县城之行装满了一脑壳的印象回味梳理一番。

可没等他凝神细想,他脑壳里首先浮现出来的,却是幺姑任玉巧的形象。是的,昨天赶场临时决定去县城,他没顾上对她讲,不是他故意瞒着她,主要是没机会跟她讲了。

在县城的大街上逛着的时候,他是时时想着她的。

岂止昨天,其实自从和她睡过以后,每天晚上临睡之前,每天清晨像现在这样的起床之前,他都是想着她的。而只要想到她,他的内心深处就会涌起一股想要亲近她、拥抱她的欲望,还有一股情不自禁的歉疚感。

他的心灵深处总觉得,那一天在任玉巧的家里,他明显地感到力不从心,尽管这是突然而至的感觉,他仍感到极为颓丧。后来任玉巧给他讲了那么多的情话,双手不断地抚摩他,他都不能给她欢悦和满足。他急得简直有点手足无措了,甚至怀疑是不是因为自己长时间不谈对象、说婆娘,长时间干熬,自己的身体出了毛病。

一想到这,他就有股烦躁情绪,有种不安的感觉。

可此时此刻,他又觉得自己的怀疑是多余的。

他轻轻抚摩着自己,感觉自己是那么雄壮,那么生气勃勃,他完全是一个强健的汉子。他真盼她这会儿来到他的身边。她要这会儿来,他准能……

方格格窗棂上有一点响动,他凝神细听,有轻轻的叩击声:

"笃、笃、笃,笃、笃、笃。"

不错,是有人在敲击,不是风摇枝条拂动山墙,也不是耗子爬过楼板。

安阳悄没声息地坐起了身子,紧张地仄耳倾听着。

叩击声又轻响了两下,还传来低低的呼唤:

"安阳,安阳幺弟——"

安阳的心剧烈地跳荡着,他听清了,这是她,最想她的时候她来了。

安阳应了一声,不顾一切地跳下了床,冲到卧房的门后边,隔着门故意问了一声:

"是哪个?"

"是我啊,安阳。"

"哗啦"一声,安阳没啥迟疑,果断地拉开了门闩。

山乡早晨清凉的空气伴着明媚的阳光一起拂进屋来。

手持镰刀、身挎背篼的任玉巧一步跨进屋来。

安阳局促地把门闩了几下,才勉强闩上,他激动得嗓音发抖:

"你……你咋个来了?"

镰刀"咣当"一声丢在地上,背篼也被甩在了一边,任玉巧一句话也不说,张开双臂,紧紧地抱住了安阳,把一张脸贴在安阳脸上,急促地喘着粗气。

安阳任凭她的脸在自己脸上扎扎实实地来回磨蹭着,紧抱着她,往床边移动。

没移动两步,安阳的嘴就捕捉到了她的嘴唇。

两人站在屋头,忘形而贪婪地亲吻起来。

亲着她,安阳心头涌起一股美美的喜悦。

"想死我了,想死我了!"

一边跟着安阳移动,任玉巧一边趁着亲吻的间隙,凑近安阳耳边说。

安阳亲着她黝黑的脸庞。哦,他又闻到了她身上的那一股温润的成熟女人的气息,他在无数次回味中不断感觉到的那一股诱人的气息,只觉得她是那么强烈地吸引着自己,他的双手不由得局促地去撕扯她的衣衫。

任玉巧把他重重地往床上一推,呵斥说:

"猴急个啥?你先躺下,我脱了衣衫就上来。躺下呀。"

安阳想说话,可张了张嘴却没说出口来。他有一种接不上气来的感觉,预感到马上要发生什么事。这是他渴望的,也是他期盼的。他不安地在床上转动着身子,两眼却目不转睛地盯着她。

她嘴里在斥责安阳猴急,自己的双手却也激动得发抖,一个扣子总要解好一阵才解开。

当她赤裸着躺到床上来时,安阳急不可待地把她紧紧地抱在怀里。

她在安阳的怀里拱动着,更紧地贴紧他盘紧他。她气喘吁吁地在他的耳边表白般地嗫嚅着:

"哦,安阳,想死我了,自从那回以后,我只要闭上眼睛……闭上眼就看见你,就想你这会儿在干啥子。特别是半夜醒来,我都会睁大眼睛把你想上半天,想着要闯到你屋头来,来好好陪你,像这会儿一样睡在一起,抱在一起。我真的要疯了,安阳,可是我不能啊。有几次我都坐起身子,要披衣衫了,可我一想到昌惠和昌华两个娃娃,万一被他们两个察觉了,知晓了,那我这个妈还怎么做啊!噢,安阳,我是不是疯了?你呢,你想不想我?"

"想。"

"那你咋不说?"

"我咋个说?进屋后都是你在说。"

"那你现在说。"

"现在顾不上说了,现在我、我……我想……"

"我晓得的,你莫急呀,莫急,啊。"任玉巧柔情地安慰着他。

安阳激动得说不出话来。

夏日的清晨,气温高,一动就出汗,安阳只觉得浑身每个毛孔都在冒汗。他真想跳进缠溪阳光下清澈欢快的溪水中去,畅游一个透。

他觉察得到任玉巧的欲望同样很强烈。

她柔软多情的身子在迎合着他,在伴随着他一起跃入那欢悦的溪水里。她向后仰着脑壳,一头的乌发全都披散在枕头上,两只眼睛陶醉地闭着,嘴里轻轻地呻吟着。

安阳起先有点慌乱,有点手足无措,但他被她充沛的体味和温馨的气息笼罩了,被她激动的神情和柔软波动的曲线吸引了。

他支起身来时,看到她鼓励的眼神,显得镇定一些了,他深深地吸了一口气。

她用双手引领着他,用丰盈的体态迎合着他,用粗重的喘息轻拂着他,终于几乎没费啥劲,他们一起滚落在溪水里。

那么欢悦,那么酣畅。

他掬起溪水来向她泼去,她也用双手掬满水回泼他。

他俩相对而笑,任凭那淙淙潺潺的流水湍急地疾冲而下。

就在欢乐的刹那间,如同垮坝了似的,清澈的溪水变成了洪流,顺着河床奔泻直下,冲进了田坝之中。

安阳感觉到从未有过的勇猛和雄壮,从未有过的放松和快活。他的脑壳里眩晕了,耳朵里啥子都听不到了,他只觉得自己和任玉巧融为一体,不分你我了。

任玉巧哭泣一般地呻吟着嘶喊起来……

"安阳,你真好。"

不知过了多少时辰,安阳的耳边响起任玉巧的声气。

他转过脸去,任玉巧正以一脸的满足神情瞅着他。

她一头一脸的汗,汗水把她的乌发全打湿了,但她欢畅极了,黑黝黝的脸颊上泛着喜滋滋的光泽,双眼闪烁着往外喷溢的波光。

安阳伸出手臂去,她的脑壳一歪,就躺到了他的怀里。

安阳也有一种从未享受过的幸福和愉悦感,他感觉到宣泄的快乐和酣畅,感觉到欲望的满足和自得。

现在他再没有迟疑和困惑了,他确信自己身上没毛病,一点没病,他是一个正常的强壮的男人。他不是可怜的李克明,证实了这一点他觉得比啥都高兴。头一次,他只是受到了突如其来的擂门声惊吓,他只是心虚。

"安阳,"任玉巧的脸贴在安阳的胸膛上,轻声柔气地说,"你晓得吗？十多年了,我是头一次把自己交给男人,交给了你。"

"你后悔了?"

"没得,我是找回了女人的感觉。自从那天你去了我家,我竟像是中了魔,日夜都在想你。想见着你,想和你搭上话,搭不上话就是远远地瞅上一眼,我也满足。我还怕,莫名其妙地怕。"

"怕啥子?"

"怕你不理我了,怕你认为我是在缠你,怕你故意躲着我。你是不是故意躲我?"任玉巧低声问。

他摇头说：

"没得。"

"没得,那你昨天赶场时,咋个一眨眼就不见了?"

"我是去县城了,正好有一辆放空的卡车,愿意搭客。"

"去县城干啥子?"

"我是想去探探路……"

"鬼话！你是想去见原先的相好周亚竹吧,听说她就在县城住。"

"你说到哪里去了。"

安阳只觉得任玉巧的话莫名其妙。

"人家早就出嫁了。"

"她嫁的是个啥子人家?"

"不晓得。"

"那你去了县城,探到路了吗?"

"遇见了县中的老同学于亿青。"

"男的还是女的?"

"女的。她去省城读师范大学,毕业后回到县城,就在我们读书的县中当了老师,嫁了县工业局一个干部。遇见她时,她正伴着自家男人、娃儿逛菜市场。周亚竹嫁了人,就是她告诉我的。"

安阳赖神无气地说着于亿青的现状,脑壳里闪现的,却是于亿青当年和陈一波热恋时的一幕幕往事。

"哎,"任玉巧扯了一下他的胳膊,"你当年考上了大学,只因屋头遭了灾,才被迫回到凉水井务农,听说分数紧跟在你后面的那一个,因你的祸得了福,就去省城读了大学。他叫啥子?"

"陈一波。读的是农学院。"

安阳想告诉任玉巧,陈一波曾经是于亿青爱得死去活来的相好,嘴角嚅动了一下,却没说。

任玉巧的兴趣浓浓的,忍不住问:

"这人现在也早毕业了吧,在干啥?"

"毕业后,一个县的林业局要他去当干部,他不想离开省城,就在省城里下海经商,当起了老板。"

"那书不是白读了吗?"

"有同学也这么说。"

安阳嘴里是在应付着任玉巧,脑壳里头浮现的,却是于亿青平静安然的脸。陈一波的近况,就是于亿青告诉他的。当着她丈夫和娃娃的面,她对安阳说:"陈一波大学毕业时,和学校里一个厅级干部的女儿好了,他得以留在省城里发展,靠的也是这么一层关系。听说,这几年他经商的成效还不错。你若在乡间有难,不妨去找找他。"

于亿青说到这里,还用轻蔑的目光从头到脚把一身农民打扮的安阳打量了一下。

让安阳惊疑的是,当年的同学于亿青在说这一切的时候,用的完全是一种局外人的语气,仿佛陈一波从来就不曾和她有过任何关系似的。当着她丈夫的面,她当然不便泄漏天机。

可安阳脑壳里盘旋着的,却是当年陈一波听说于亿青已经上榜,而他仅仅因为名额有限,被排除在二十八名招收生之外时,急得像热锅上的蚂蚁般的焦虑情形。和陈一波好得难分难离的于亿青,那些天里也一直陪着陈一波,在县城里没头苍蝇一样四处打探消息。

安阳是全县上榜生中的第四名,是稳进大学的,况且还能进省城里最好的大学,只因家中遭灾,他无奈地放弃了这一能够彻底改变他命运的资格,黯然辍学回家。而排名第二十九的陈一波,这才得以跻身上榜之列,进了农学院。

记得陈一波和于亿青双双去省城大学报到前几天,还特意从县城搭车来到凉水井寨子,看望老同学安阳,向他表示感激之情,大包小包地带了不少礼品。陈一波甚至拍着胸脯,信誓旦旦地说,今后只要安阳有难,有过不去的坎坎,他陈一波一定会为朋友两肋插刀,挺身相助。

才几年工夫啊,不要说朋友了,当年恨不能天天在一起的恋人,如今也已是形同陌路。不过,安阳仍觉得自己昨天是有收获的,陈一波在省城里经商,以后如果要出去闯荡,一时没有出路,找到他那里去,打一份工,想必是不会有啥问题的。

"你听,这是啥子声气?"

安阳的思绪被任玉巧的话扯回来了。

他凝神细听,屋外猪圈的栏板,被拱得"咚咚"直响,他不由得笑了,说:

"昨晚上,天黑尽了才离开县城,回到凉水井,就舀了点锅中的冷潲给猪吃,猪吃得少,天一亮就饿了,拱栏板呢。"

任玉巧一把逮住了安阳的手臂说:

"二天,你再出门,就跟我说一声,我可以过来帮你收拾。不只是猪,还有牛、马、鸡、鸭,你不都喂着吗?"

"你帮我?就不怕人家说?"

"怕个啥?"任玉巧的声气一下子低弱下去,"我可以让昌华来帮你嘛。有个人搭帮着,总比没人招呼强。"

"要得。"

安阳嘴里答应着,心里想的是,即使要李昌华帮忙,最多也是一回两回的事情,真要出外去打工,还得尽快把鸡、鸭、牛、马卖掉。

猪拱槽板的声音越发响了,一面拱还一面叫。

任玉巧坐了起来,俯身垂脸吻着安阳说:

"起吧,拖不得了。"

安阳也无心再睡,一骨碌起床穿衣。

任玉巧扣着衣服,低着头说:

"光顾着贪欢,把正事儿忘说了。安阳,任红锦的事情,都谈妥了。李克明要离开凉水井,名义上是到猕猴桃果品加工厂砌石坎,做小工……"

"实际呢,他去干啥?"

"还能干啥子?一边打小工,一边看他那男性不育的病呗。他不知咋个听说加工厂附近有个老中医,有祖传秘方。"

"能行吗?"

"多半是鬼扯。"任玉巧不屑地说,"反正任红锦早绝望了,她连声要我转告你,下个赶场天前夜,她给你留着门。你就从她家后门进去吧。"

安阳猛地一个转身,几乎不相信自己耳朵地盯着任玉巧问:

"你说啥子?"

任玉巧的眼帘垂落下来,声气放得低低的:

"就是这么回事。"

"真会有这种事?"安阳吼了一声。

"你轻点,安阳,你以为我蒙你?"

"我只以为是你编出来的……"

"我哪会编得这么圆?不是他们要我从中牵线,我一个孤身女子,哪敢大白天约你去我屋头?说真的,开初我只想让你别缠昌惠,不要把我的昌惠给骗跑了,决定尽快给你暗中找个伴儿,煞煞火。哪晓得……"

任玉巧扑过来一把搂紧了安阳,把脸依偎在他胸前。

"你这么快钻进了我的心头。这会儿,我都有点悔了……"

安阳的身板一直,满脸怒色地断然一摆手说:

"我不去,亏你想得出来,我们都、都这样子亲了……你却要我做这种事。你、你把我当啥子了?"

任玉巧的手一把捂住了安阳的嘴,不让他说下去:

"安阳,要去的,都说好了的。"

安阳的倔劲儿也上来了,厉声问:

"说好了什么?"

"你不去,他们准定会猜到是咋个回事。要不了几天,我们两个勾搭成奸的流言,就会传到四乡八寨。你想想,安阳,那怎么要得啊?在凉水井,往后我们莫说聚了,就是日子也无法过。"

任玉巧忧心地说着,眼里闪着泪光,拉了拉安阳的衣袖,哀求般道:

"你就去一次吧,我跟任红锦说,只一次,你只答应一次。"

安阳车转了脸,不瞅她。

他觉得自己正被人推进一个事先设好的圈套里,心头不是一个滋味。

"这么说,你来我这里,也有人晓得?"

"是啰,咋会不晓得?"

安阳只感到屋外有眼睛凑近壁缝在张望,便惊慌地四顾。

"你这会儿来,也有人晓得?"

任玉巧连连摇头说:

"这会儿不晓得,是我独自个儿偷着来的,我太想你了,太想和你做成那件事了。可今晚上,他们在等回音呢。"

任玉巧懊恼地皱着眉头,流着泪说:

"都怪我,只牵记着不让你和昌惠出丑。现在,事情全乱了。你、你就答应去一次吧,我求你了。"

一颗接一颗泪珠顺着任玉巧黝黑的脸庞淌下来。

安阳走到门边,拉开了门闩,冷冷地说:

"你走吧。"

任玉巧跟到门边,身子重重地倚靠在门板上说:

"你不答应,我就不走。"

安阳还要说什么,她整个身子扑上来,一把抱紧了他说:

"安阳,我们还要活,特别是我。你可以远走高飞,出外去打工。我出不去啊,我还要在凉水井这地方活下去啊,还要拉扯大两个娃娃!你、你就不要难为我了,好吗?"

安阳不再说话,只是伸出手去,一下一下把任玉巧眼角的泪珠拭去。

E

就这样,二十七岁之前,安阳没同任何女人真正相好过。

尽管在他冥冥的想象和下意识中,经常出现完美无缺的女性形象。这位女性有时是亭亭玉立的,有时是皮肤洁白的,有时又是瘦削高挑的……但他从未肌肤相亲地接触过一个女性,和她有过同床共寝的性爱关系。

而在饥渴煎熬到二十七岁这一年,他和任玉巧有了这一层亲密无间的关系。他在任玉巧的身上,懂得了什么是真正的女人,尝到了女人的滋味。

对于安阳来说,直到今天,这一层关系都是说不出口的。对外人说不出口,对自己的亲朋好友同样也说不出口。

分离了多年以后,任玉巧又打电话来,他可以装聋作哑,可以婉言相辞,可以顾左右而言他,甚至也可以断然拒绝。

毕竟,他现在已是省城里一位有地位、有名声的实业家了。

他没有这么做,他愿意去看她,心情也是极为复杂的。既有旧情难忘的一面,也有对她的一种报恩心理。更重要的是,任红锦死去之后,茫茫人世间,只有她才是真正了解他和任红锦之间关系的人。

任红锦和李昌芸刚死,她就打来电话。是不是她对她们母女的死,也有某种困惑,产生了猜测和怀疑?特别是那一团堵塞烟道的草束,至今也没个说法,任玉巧产生其他联想,也是完全有可能的呀。

天哪,在这节骨眼上,任玉巧可千万别再来横插一杠子啊。

安阳刚从公司回到家,孔雀苑小区的胖子保安,借着来核实聂艳秋离开省城的具体时间,话中有话地告诉安阳,警方对任红锦、李昌芸母女的死,是有怀疑的。有电话报案称,任红锦是他们家的保姆,暗中与男主人安阳搞上了,被女主人聂艳秋逼出别墅,雇人堵塞了煤气热水器烟道,蓄意用煤气中毒的方式进行报复,害死了可怜的母女俩。当警方了解到,她们母女确曾在安阳的小别墅里住过不长不短的一段日子以后,正对案情进行详尽的调查。

安阳听得心惊肉跳,不要说警方产生怀疑,就是他的内心深处,不也对妻子聂艳秋有过怀疑吗?

聂艳秋是好胜心极强的女人,她长得高高胖胖,丰满白皙的脸庞,一脸的自信。她总是穿着一身笔挺得体的西服,白衬衣的领口扣得一丝不苟。用她自己的话来说,十七岁离开她自小长大的县城,步入省城社会闯荡以来,她碰到的多半是好人,一直是一帆风顺、平步青云的。安阳认识她的时候,她是安阳县中同学陈一波手下一家餐厅的经理。陈一波每月给她开工资一万元,把一家餐厅全都扔给她经营,她每个月要给陈一波赚回来三十多万元。

和安阳有了感情,他们联手创办茶叶公司,相互合作,取长补短,很快发了起来。就如同安阳从没问过她以往的感情经历一样,她也从来不曾问过安阳进入省城以前的感情经历。

婚后,安阳只是觉得她比一般的女子冷,一点也不像她在商场上出现时总是热情洋溢、笑容可掬的模样。为此她解释说,自从十七岁步进省城社会做餐饮以后,一干就是十年,在大堂里,在一个个包间中,在餐桌上,在足浴房里,她什么样的人物没见过?什么样的事情没听说过?什么样的勾当没见过?经历得多了,也就把社会上的一切看淡了。

安阳对她这一番话,表示充分的理解。只因安阳初到省城时,也在餐厅里干过。他晓得她说的确是实情。

任红锦和李昌芸死后,安阳的心底深处,对她产生隐隐的怀疑以后,才陡地感到,她虽是他的妻子,他对她的了解却十分有限。现在连警方都怀疑到了她的头上,安阳觉得事态严重了。

若是在这个关健时刻,任玉巧再横插进来,岂不乱了套,把一盆水越搅越混了?

故而安阳不敢贸然去见任玉巧,不想主动给她打电话。他想等事情有了一个结果,明朗以后,再和任玉巧联系。

也正因为这样,当年他和任玉巧、任红锦之间的历历往事,不断地浮上他的心头,不断地出现在他的眼前。

是的,是的,就是在那个夏天,在短短的一周时间里,他和山乡里性格、长相截然不同的两个女人有了亲密关系。

任玉巧比他大,正如他那时称呼她的,完全可以做他的姐姐,大姐姐。她是个寡妇,多少年里都没挨过男人了,田土都干枯板结了,不会再怀上娃崽了。安阳和她交往,纯粹是贪欢,是相互满足和需要,似乎可以不负任何责任。

而任红锦虽是个已婚妇女,却比他小,又是朋友之妻,她找安阳的目的性十分明确,那就是为了遮丑,要怀上一个娃娃。安阳的内心深处,对于和她的交往,始终是忐忑不安的。他也很难想象,怎么把这一层关系维持下去。

他一下子处于两个女人的夹缝之中。

实事求是地说,起先他还有一点歉疚,一点惶恐不安,一点不知所措。而当真正地和两个女人相好以后,他还有点儿窃喜,有一种捡便宜的快感,一种志得意满的自足之感。

要晓得,很长一段时间里,在凉水井乡间,在众人眼里,他是个讨不起婆娘的单身汉,一个连媒婆都不愿上门来提亲的光棍啊!

任玉巧是明了他和她们俩的双重关系的,事实上是她把他扯进了这个怪圈,推进了任红锦的怀抱。

而任红锦呢,对他和任玉巧的关系,则是完全蒙在鼓里,不晓得的。

五

七天一次场街,在春夏之际忙忙碌碌的农事中,眨个眼的工夫就过去了。

太阳出得大,凉水井寨子上,连续几天,乡亲们都在把前一阵收获的油菜籽摊晒在阳光下。和油菜籽一起晒的,还有麦子,还有吃不完的胡豆。

油菜籽和麦子是自家吃的,而胡豆晒干后多半是留给外出打工的青壮汉子们的。他们回到山寨上来,炒来吃也可以,带到打工的城市里去也可以。穷乡僻壤,实在也没多少可以带出去的东西。

秧子栽下去了,头道苞谷也薅完了,农活上没多少事情。

安阳也在自家小院坝摊晒菜籽和麦子,隔开一段时辰,他就用一个推笐翻晒油菜籽,顺便不费劲地吆赶几声贪嘴的麻雀,不花多少力气的。菜籽榨了油,出外打工时可以带出去。麦子晒干以后,安阳只想留下一小部分,其他都挑去卖掉算了。

在屋檐遮下的阴影里干坐着,闲得乏味。

望着阳光下的菜籽、麦子和一小堆胡豆,晃晃悠悠的,眼前就会闪现出和任玉巧相爱缠绵时活灵活现的形象。她那黝黑的脸庞,雪白一片的身躯,身上温润强烈的异性体味,和她亲热时的一幕一幕,甚至每个细节,都像在过电影,像在看电视画面,又似在咀嚼回味。任玉巧那丰满撩人的裸体,健硕挺拔的乳房,和她的声声真切舒缓的喘息,那么鲜明而又清晰地留在他的记忆之中,抹也抹不去。

那一天,任玉巧离去以后,安阳不顾猪仍在圈里叫唤,一头倒在床上,舒展四肢,一动不动地待了半天。

他的整个身心获得一种从未体验过的满足和茫然。他明白了人为啥子要娶妻,男女双方为啥要在一个屋檐之下勤扒苦挣、相依为命地过日子。可与此同时,他又觉得自己和任玉巧发展成这样的关系,实在又有些不伦不类。那一刻他以为自己满足了,可以沉静好些日子,才会思念异性。

谁知全不是那么回事。

仅仅过了两天,他的那股欲望又在体内野火般亢奋地燃烧起来,对女人的渴念烧灼着他。和以往不同的是,现在的渴念全都具体地化为和任玉巧在一起时的画面。夜里他惊醒着,期待着任玉巧会悄没声息地来到他的家中,他们可以沉浸在幸福之中。

但她没有来。

他更不敢贸然地去她家里,他怕撞见了李昌惠或是李昌华。

明天就是赶场的日子。安阳想着要去赶场,牵着牛马,到牲畜市上,把这两头大牲畜先卖了,能卖多少钱算多少钱。卖脱以后,他就省心了,说走就可以走。至于屋头的猪和鸡鸭,他可以把它们赶到任玉巧家里,对外人说是卖给她喂的,其实他不收她的钱,只当帮补她家用。这么想着,安阳的心头就感到十分轻松。

大院坝里静悄悄的,只有一个垂暮的白胡子老汉,带着刚学会走路的小孙孙,在追着一条黑狗绕场子逗乐。

安阳正眯缝着眼睛茫然地瞅着黑狗跳跃,一个柔柔脆脆的嗓音招呼着他:
"这么清闲啊,安阳。晌午,你吃啥子?"

安阳陡地一抬头,愣怔地望着她。

没转脸之前,他就听出来了,这是任红锦,李克明的婆娘,任玉巧提到的那个人。

任红锦笑吟吟地望着他,手里端着一大碗热气腾腾的豆腐走进了院坝,说:

"看你一个人,家中推了豆腐,给你抬一碗下饭。"

任红锦轻声细气地说,神情怡然大方。

安阳连忙离座。

她讲的是实情,一个人过日子,他经常愁菜。李克明常在外头打工,有活钱赚回来,他家吃穿不愁,也像李克全家一样,买回了一台电视机。李克明在凉水井寨上的时候,和安阳处得好。安阳除了常在夜间去他家看电视、聊天、吃瓜子、喝茶之外,他们也经常给他端来渣豆腐、豆汤、炒腊肉、鸡辣角、酸豇豆。

接过任红锦递过来的一大碗豆腐,只见雪白的豆腐上面,漂浮着一层浓香扑鼻的红油,特别诱人。他真诚地道谢:

"多承你。吃完了,我把碗还来你家。"

"不忙的,你尽管用好了。"

任红锦一摆手,脆朗朗说完,看着安阳凑近碗沿去闻味道,冷不防压低了声音说:

"幺姑跟我说了,今晚上你来呀,我留着门。"

安阳愕然抬起头来,他万没想到,任红锦会当面来对他提这件事。

任红锦的脸色一阵潮红,却并不回避他的目光,仍固执地盯着他,眼光里在期待他的回答。

安阳淡淡一笑说:

"好香啊,这豆腐……"

"来吗?"红锦的语气有些失望和忧伤,更有些急切。

安阳受不了她热辣辣的目光,点了一下头说:

"嗯。"

刹那间,任红锦的脸上溢满了笑容,连连点着头说:

"好、好,我在屋头等。"

说完,转身出了安阳家的小院坝,像是生怕安阳又会反悔似的。

安阳望着她的背影,木呆呆的。

这个凉水井寨子的少妇,骨骼小,身架子结结实实,却长着一张大大的眉目清朗的脸庞。她和寨子上爱留长发的姑娘、少妇们不一样,剪了一头齐耳短发,这使得她那张脸,更显得与众不同地白净细腻。

吃响午饭时,就着红油豆腐下饭,安阳才发现,任红锦给他的那碗豆腐下面,埋着很多腊肉,还有煮得红红的茶叶蛋,下饭吃起来,既香又可口,味道十分鲜美。吃饭时,安阳的眼前不时地晃动着任红锦白净生动的脸。

当面答应了她,现在是一定要到任红锦屋头去了。

黄昏时分,收起了晾晒的菜籽、麦子和胡豆。

安阳趁着薄暮时分的沟渠里还带着几分水温,跳到流水急湍的小石桥下,舒舒畅畅地洗了个澡,换上一身干净衣裳,顺手把换下来的衣服搓洗了,才回到屋里热晚饭吃。

菜还是响午没吃完的腊肉豆腐,他把冷饭混在豆腐中,重新煮得滚沸,拌上一点豆豉,吃得有滋有味。

天黑尽了,凉水井寨子上逐渐安静下来。

尽管他不去思考和任红锦的相约,但他有意无意之间,一直在期待这一时刻的到来。仿佛这些天干一些轻松活路,吃饱睡足,全是在为此做着准备。

和任玉巧有了亲密关系,但这关系是长久不了的。任玉巧是寡妇,有再嫁的权利那不假,可她有两个儿女,又比安阳年长好几岁,而且还有前头他和李昌惠之间的传言,他们只能偷偷摸摸地相好,哪怕仅仅是走漏一丝风声出去,凉水井人吐出的口水都会淹死他俩,他们注定了是做不成夫妻的。

况且,安阳根本不想在凉水井寨子待下去,他现在一心一意就是想要去外头打工。

与任红锦呢,则更是逢场作戏。她要怀个娃娃,完成做一个完整女人的心愿。他呢,一个穷得叮当响的汉子,心里想女人、要女人,恰巧偏结不起婚,又有任玉巧串线,就被她们相中了。细想想这事是十分荒唐的,但在安阳的心底深处,又是愿意的。他还有点儿占任红锦便宜的窃窃之喜。

晚饭过后,凉水井寨子上照例会有一阵喧闹的气氛。尽管大多数青壮劳力都在外打工,尽管少了些青春气息,每家每户生活的时钟还在按部就班地转动。

人们在为牲口铡草料,在大锅里煮猪潲,推磨,为第二天赶场做着琐细的必不可少的准备。

安阳穿上一件外衣,正想出门,长得细细巧巧的李昌惠,一阵风般跑了进来。

"安阳,有空吗?"

安阳看见她手里拿着课本纸笔,晓得她又是来问作业的,笑着道:

"又解不出题了?"

"是啊,分数的乘除,我硬是做不出来。"

李昌惠把带来的习题摊在桌子上,将油灯移近一点,噘着嘴说:

"你看看,这几道题。"

安阳捺着性子坐下来。

李昌惠长得苗条秀气,聪明伶俐,可就是读书不行。十六岁了,还在上小学五年级。从二年级起,她每年都要留一级,本该一年读完的书,她要读两年。

安阳一看题,题目是再简单不过了。他想起自己对任玉巧的承诺,又不想费时间,就转过脸,对李昌惠说:

"昌惠,你看着我慢慢解。我在草稿纸上解完了,你回家再做一遍,就会懂的。"

李昌惠大睁着一双纯情的眼睛,信赖地点点头。

安阳第一次从她痴痴的眼神中,看见和任玉巧的几分相像。他不敢像往常那样逗李昌惠乐,更不敢多留她,移过草稿纸,一面写一面演算,一步一步解起习题来。

李昌惠往门口那边瞄了一眼,移动一下身子,紧挨着安阳坐下,把脑壳探过来,崇拜地望着安阳。安阳演算习题时,她却并不细看,反而把身子重重地贴着安阳,一会儿咳嗽,一会儿指着安阳写下的公式,歪起脑壳问:

"为啥这么演算?"

弄得安阳极不自在。要在往常,他也随李昌惠忸忸怩怩使一些亲昵的小性子,可现在他已经和任玉巧有了那么一层亲密关系,再也不敢随便了。一旦让人走进来撞见了,传开去真是不得了。

安阳转过脸来,严肃地指着草稿纸说:

"你看我一步一步算下来,认真看,就懂了。"

李昌惠摇头说：

"我不懂。"

"你没认真看啊。"

"看了我也不懂。"

李昌惠撒娇地一把抓住安阳的笔说：

"我要你像以前一样,给我讲。"

说着,她把背脊整个儿往安阳的背上一靠。

"你不教我,我就不走了。"

往常,只要她这么一使性子,安阳就会让步,给她说几个笑话,逗得她情绪好起来,再一一给她细说。在他说话时,李昌惠一会儿拉拉他的袖子,一会儿扯扯他的衣襟,有时甚至把脑壳故意靠过来,贴着安阳的额头,细柔的发丝惹得安阳一阵心跳,一阵惶惑。忍不住了就摸摸她细巧的手,和她默默依偎一阵,那真是美美的。但安阳此刻再没这个兴致了,从李昌惠一进门,他就仿佛觉得任玉巧的一双眼睛,一直在窗口盯着他。

"昌惠,昌惠,你又野到哪里去了?"大院坝那头,任玉巧的大嗓门传过来,"一个姑娘家,还不晓得回家吗?"

李昌惠一听见妈的叫声,慌张得赶紧离座起身。

安阳随之站了起来,对李昌惠正色道：

"昌惠,你认真读书,就不该是这么一个态度。那么简单的习题,你都做不出,不害羞吗?"

李昌惠的脸勃然变了色,安阳话音刚落,她劈手夺过安阳手中的纸笔,胡乱抓起课本道：

"你不教就算,我不读了。"

说完,转身夺门而去。

安阳分明听到李昌惠愤而啜泣的声音,但他只能硬着心肠,随她离去。他不能既和任玉巧相亲,又同李昌惠藕断丝连。

他端坐一会儿,无趣地一口吹熄了油灯,走出屋头,锁上门,沿着寨路朝任红锦家方向走去。

夜间的风拂来,带一点凉意,很舒服。

想到很快要走进平时常去的任红锦家,他的心"怦怦"地跳得快起来。

寨子上还有人家在推磨,夜空中传来低沉的"隆隆"声。高低错落的农舍中,大大小小的窗户里,都亮着昏黄或是幽微的灯光。凉水井寨子也像山乡许多偏远的村寨一样,是通了电的,可是一年到头电力总是不足,或是三厢电只拉通一厢。弄得学生做作业,家里要在晚间算个账什么的,只得再点一盏油灯添亮。

不知不觉间,安阳就走到粗大的沙塘树脚来了。

沙塘树浓重的阴影,笼罩着一幢小巧的青砖砌的农舍。

这正是李克明娶任红锦之前,建在地势高处的一幢新房。寨路折进去一点的小道旁,屋檐下一扇小门,正是农舍的后门。常来串门的安阳是晓得的。

走进沙塘树浓重的阴影里,安阳情不自禁警觉地眺望四周。寨路上没有人影,也不闻脚步声。任红锦家的小窗户帘子逮上了,要凝神细看,才能辨识屋里亮着油灯。

安阳跨下寨路的石阶,拐上小道,几步走到屋檐下,身子贴着砖墙,又瞅一瞅周围。

周围还是一片安谧,没有异样的动静。

安阳的手伸出去,轻轻地一推后门。他极力不想让木门发出声音,但随着门被推开,仍然发出"吱呀"一声响。

安阳顾不得多想,身子一转,进了屋头。

后门"砰"的一声关上了,安阳吓了一跳,定睛望去,床边两只叠起的箱子上,亮着一盏墨水瓶改制成的小油灯。

一根细细的灯芯,燃着豆子般的一点光。

任红锦背靠在门板上,胸脯紧张地起伏着,没待安阳看清她的神情,她已扑上来,张开双臂抱住安阳。

"你终究来了!我看到你来的。"

安阳惊异地说:

"你咋个看到的,寨路上那么黑?"

任红锦笑了:

"吃过晚饭,我就在山墙下的台阶上望着你家那边了。"

安阳的心往下一沉。是啊,李克明家农舍建的地势高,一眼就能看到他住的泥墙砖木屋子。他不由得问：

"你都看到了？"

"是啊。看到昌惠那不懂事的小姑娘去找你，我心想这下又得等了，她'安阳哥安阳哥'地叫着，缠着你教作业，没一两个时辰，是不会走的。哪晓得，李幺姑很快喊了她，这小姑娘没坐多久就走了。"

任红锦满意地笑了，解释一般说：

"李幺姑是真心在帮我呢。她那么热心地为我们牵线，知道是为个啥子吗？"

安阳摇摇头。

任红锦顾自往下道：

"她是怕昌惠和你之间闹出事来。"

"出什么事儿？"安阳明知故问，表示自己清白。

"你还装糊涂。"

任红锦逮住安阳的衣衫，走近床沿坐下，一只手点了一下安阳下巴。

"凉水井寨子上，哪个看不出啊，昌惠总往你屋头钻……"

"她还是个娃娃。"

"娃娃？哼，胸脯都隆起了。寨子上有人在背后骂她，骂得好难听的哩。"

安阳晓得，任红锦讲的是实情。在凉水井人看来，男女之间的事，就是那么直白。

他此刻听来，陡地意识到，任玉巧之所以约他去她屋头，继而又在清晨大着胆子到他家来，好像也有抢在女儿前头的原因。

他低下头去，辩白道：

"我真没想到……"

"也没人怪你。"任红锦安慰说，"倒是有人可怜你……"

"可怜我？"

"是啊，说你奔三十岁去了，还没碰过女人。"

安阳苦笑了一下，不吭声。这话儿，任玉巧也对他说过，可见凉水井人们就是这么看他的。

说话间，安阳的手在任红锦身上抚摩着，由浑圆的肩头，慢慢移向双臂，继而小心翼翼地触摸到她的胸部。他满以为会摸到一对饱满的乳房,意外地却发现,任红锦几乎没有乳房,她的胸部只是微微隆起了一小点儿。

任红锦转过身子,把脸转过来,热切中带点笨拙地吻着他。每一个吻都在安阳脸颊上留下黏糊糊的感觉。

安阳不甘心,一只手从任红锦的衣襟下面,直接摸进了她的胸部,摸着了她的乳房。那真是比他想象的还要小的乳房。他心头掠过一阵失望,眼前不由得闪过任玉巧那一对大大的胀鼓鼓的乳房。他不由得带着点粗暴抓挠一般抚摩着任红锦的乳房。

任红锦低吟似的不间断出声哼哼起来,这情形和任玉巧也是不一样的。

安阳受到她哼哼的鼓励,越发用力地抚摩她。

她轻叫了一声"安阳",顺势仰面朝天躺倒在床上。

安阳把她的衣衫掀了起来。

油灯微弱的灯影里,映出任红锦躺倒以后显得几乎和胸部一般平的双乳。那两只乳头小得像两颗绿豆。

安阳真没想到,女人和女人之间的差别竟有这么大。算起来任红锦要比任玉巧小得多,才二十三岁,她也天天在劳动,两只乳房竟小得这么可怜。他若有所思地抚拨着任红锦的乳头。

任红锦的双手扯住掀拢在下巴处的衣衫,双眼睁得大大地瞅着天花板,似在感受着啥。

安阳一抬头,看到了她期待的目光,受到触动般一口吹熄了油灯,麻利地脱光了衣裳,上了床。

当他挨近任红锦,伸出手拥抱她时,任红锦也已光着身子,柔顺地钻进了他的怀里,嘴里清晰地轻声说:

"今晚上,是我真正嫁人的日子。床上的垫单、被窝,全是新的。"

安阳愣怔了一下,他听得出来,她的话里,有着一股辛酸,也有着一种企盼。

任红锦把安阳往她身上扳过去,张大了嘴巴,掀动着两片嘴唇,热切地一下接一下地吻着安阳。

安阳的身子很快烧灼起来。

当他俯下脸吻她时,任红锦的两片嘴唇牢牢地吸附着他,喉咙里发出含糊的鼓励：

"嗯,安阳,安阳,快、快一点……快,我、我等不及了……"

她的手出其不意地一把逮住了安阳,发出一声喜悦的惊叹：

"真好,安阳,我、我要……"

安阳进入她身子的时候,一点也没费劲,但却感觉到从未体验过的舒展和兴奋。

一股温和的、暖热的、爽滑的舒适感在向安阳的全身弥散和扩展。

令他身心感觉陶醉的柔情伴着蜜意,紧紧地包围着他。也许意识到任红锦仍是一个处女,也许经历了和任玉巧的关系,他不再慌乱,享受着从未有过的酣畅快意。

开头,任红锦还是温顺地承受着,继而不安分地像一头被压住的小野兽般浑身颤动着挣扎起来。她狠狠地一口咬住了安阳,双腿由下而上地盘住了安阳,双手还不断催促地轻拍着安阳的背脊,嘴里发出愤愤的声息,整个身子像要掀翻安阳般不停地跃动。

在她疯狂腾踢的当儿,安阳越发感觉到阵阵惶惶的快感,他像要按住一头擒获的小兽那样,极力不让她从自己的身下滑脱。

任红锦粗暴地一把把抓挠着安阳,嘴里发出了一阵呻唤：

"噢,安阳,你再给我一点,再……一点……"

话音未落,那奇妙的瞬间来临了。

安阳只觉得像有鱼嘴在亲吻他,像有一双柔若无骨的手在轻抚他,那紧紧裹住他的柔情蜜意似在有节奏地挤压他。他像一头发了狂的公牛样悍然不顾直冲而去。

任红锦惊喜得锐声喊了起来。

F

从可视电话中,看清是胖子保安按动三十八号别墅的电铃时,安阳的心头还掠过一丝不安和惊慌。

别是任红锦母女的案情有进展了,真和聂艳秋有啥子关系。若真是那样,麻烦就大了。

开门让胖子保安进来时,胖子圆脸上满是喜气。

他一边换鞋一边对安阳道:

"安老板,事情清楚了,全闹明白了,结论简直是你想象不到的。"

"咋个回事?"

安阳急于要知道案情。

"嘿嘿,公安局全查清楚了。"

胖子熟门熟路地走进客厅,在沙发上一屁股坐下道:

"堵塞住煤气管道的草团,是一只鸟巢。管道里头暖和,小鸟在里面筑了巢。哈哈,真好玩!弄出一场虚惊来。谢谢,谢谢你的茶,你的茶叶喝着就是有味。"

安阳却不觉得好玩,若不查清事实,他要背黑锅,聂艳秋更要背黑锅,遭怀疑。事情出了以后,不是连他都对艳秋起了疑心吗?为这事儿,他的心总是悬着,夜深人静时常会惊醒过来。现在好了,真相大白,他可以放心了。

他由衷地感谢胖子保安及时来报这一消息。买下孔雀苑别墅刚开始装修的时候,安阳看见当保安的胖子跑前跑后十分热心,就委托他在当保安时多长一个心眼,替他看着点儿。他和聂艳秋都忙,对装修房子又不是什么内行,更不可能天天守在三十八号看着民工们装修。省城里,装修房子的民工偷工减料,或者是把东家的装修材料偷偷拿出小区去的事情,时有发生,有保安多一双眼睛看着,总要好些。从安阳这方面来讲,不过是随便几句客气话。没想到胖子保安把这当成一回事,干得特别卖力,天天要往三十八号跑两趟。他恰恰又懂一点装修,民工们干得不合适,他会及时指出来。安阳看他做得那么认真,干脆就在暗中雇了他,每月给他二百块钱。小别墅装修完了,虽然没事干了,安阳也照样给,要求只有一个:巡视小区的时候,胖子保安要对三十八号别墅周围多留一个心眼。

一来二去的,胖子保安俨然成了安阳心腹般的人。

不过安阳心里清楚,这只不过是每月二百块钱起的作用。真正出了什么事情,一个保安根本担待不起啥子。

胖子出声地吹着杯子里的茶叶,美美地喝了两口茶,把杯子往茶几上一放说:

"安老板,不过这事还没完。"

"噢?"

安阳困惑地睁大双眼瞅着他。

胖子笑着说:

"听说任红锦娘家的哥,从乡下地方猫猫冲跑进省城来了,要为母女俩的死讨个说法。"

安阳的头皮有点发麻。

"他要问哪个讨说法?"

"问出租房屋的房东呀!"

"嗯。"安阳这才吁了一口气,"这话咋个说?"

"听说他找了律师,律师给他拍胸脯说,至少索赔二十万元,而且准保索赔成功。"胖子说得津津有味,"你房东既然出租房子,就该对房屋内的一切设施负安全责任。造成母女俩死亡的直排式烟道燃气热水器,早在两年前就明文规定禁止使用了,房东为啥还装这种禁止使用的热水器?还不勤于检查,让小鸟在烟道里筑了巢,就是更大的失职。听说这索赔数额不大的官司,因为涉及两条无辜的生命,引得省城司法界议论纷纷哩。"

胖子兴致勃勃地说了一阵,喝完一杯茶,告辞离去了。

安阳却呆坐在沙发上,沉吟了良久。

事情在省城里演变得再热闹,只要不再涉及他和聂艳秋,他也没多大的兴趣了。只是,任红锦的死,特别是女儿李昌芸的死,在他的心头终归是一团阴影,一团抹不去的阴影。

稍一平静下来,六七年前的往事,就会浮上他的心头,搅得他的心灵一阵阵地泛起波澜。

是啰,自从和任红锦之间有了亲昵关系以后,安阳就感觉到自己是在任玉巧和任红锦之间走钢丝。

他也觉得无奈,觉得难堪,可他又莫法。处于他当时的境地,他该咋个办呢?不能说他对她们没有一丁点的感情,随着交往的加深,他是有感情的,他甚至觉得有点离不开她们,也是爱她们的。

可是,即使他依恋她们,爱她们,他也不能娶她们中的任何一个女人为妻。而他的生理上又有着强烈的需要,这种需要使得他对她们有求必应。况且她们也喜欢他,这是他看得出,也敏锐地感觉得到的。

想得烦了,他干脆就不去想。

心头暗自忖度着,眼下这情形,也只能是这个样子,穷光蛋一个待在凉水井寨子上,不见出头之日,不如就这么得过且过地待下去吧。

六

天亮以前,安阳醒了。

凉水井寨子上正是最黝黑最静谧的时候。

他转过脸去,任红锦仍在酣睡,鼻孔里发出轻微而均匀的声声呼吸。听着她那女子特有的安详气息,安阳心头不由得涌起一股温情。

是的,她是他的女人。

昨晚上尽兴以后,任红锦突然坐了起来,开了电灯,"哗"的一声掀开了被窝。

安阳正诧异地想问个究竟,半夜里陡地显得分外明亮的电灯光影里,安阳已经看见了那摊血。

崭新的垫单上,一片胭红,湿潮潮的。

"这么说……"安阳瞪着这摊血,愣住了。

任红锦轻轻地拍打了他一下,让他移动一下身子。

她起身动作利索地把染红的垫单抽下床去,重新抖开一张新垫单,铺在床上,他们才又躺下去。

一到床上,任红锦就主动张开双臂搂住了安阳,把脸亲昵地贴在他的额头上。

安阳带着震惊的语气说:

"咋个会是这样?"

"不是跟你说了吗?李克明是个无用的男人。"

任红锦捋着散乱的头发,以感激的口吻说:

"成亲足足三年半,我这是头一次尝到做婆娘的滋味。"

在凉水井寨子,已婚的妇女习惯地被称作婆娘,可以和男子开玩笑,也可以说一些带"荤"的话。而未婚女子,则被称作姑娘,男人是绝对不允许跟姑娘讲"含沙射影"的话的。

可能正是发现了结婚三年多的任红锦还是处女这一事实,才使得原本一完事就想离去的安阳,决定留了下来。

昨夜,他的脚悄悄地伸出被窝,刚想缩起身子往床沿下逡,就被任红锦察觉了。

任红锦不由分说地一把逮住他,呵斥般问:

"你想做啥子?"

"回屋头去。"

"哪个赶你了?待着,不准走!"

任红锦以不容置疑的语气说着,张开双臂,紧紧地环腰搂着他。

"今晚是我真正嫁人的日子,你就舍得让我守空房?"

安阳还有什么话可说?于是便留了下来,和任红锦缠绵着度过了这个难忘的夜晚。

这会儿,天快亮了,不能再待下去。

安阳必须赶在勤劳的山乡人早起干活之前,离开任红锦的屋头。

他缩起双脚,双手支撑着床铺,蹑手蹑脚坐起身来。

"你又想做啥子?"

没想到他一动,竹笆床铺就"吱吱嘎嘎"一阵响,惊醒了任红锦。

安阳只得俯下身子,凑近她耳畔,悄声说:

"鸡一啼,天就亮了……"

没等他说完,任红锦的身子就黏上来,一把将他紧紧地抱住说:

"不管他,干脆睡到人都去赶场了再起。"

不等安阳回话,任红锦就扳过安阳的脸,一下又一下扎实而又啧啧有声地吻了起来。

安阳顿时被她脸上深切的眼神、身上的温热淹没了。

这一天,安阳直睡到喧嚣的凉水井寨子重又静寂下来,寨路上再也没脚步声才起床。

离开任红锦的屋子前,任红锦恋恋不舍地依偎在他怀里,好像他要离开她很远,抹着泪要他逮着时机一定再来。

安阳答应了。

从任红锦屋头回到家里,一路上都没遇见人,安阳不由得长长地吁了一口气,心头在庆幸,总算没让人察觉,总算没撞见任何人。

他一边忙着生火、热饭,一边涮大锅煮猪潲。

火燃得大起来。

他正木然地坐在灶门边添柴,悄没声息的,一个人影子站到了他的身旁。他没察觉,直到任玉巧的嗓门响起来,他才大吃一惊地睁开眼。

"累得你够受了啵?"任玉巧的声音不高,语气却是悻悻的。

安阳猛地一抬头问:

"啊,不、不累。玉巧,你咋个来了?"

他刚才进门时,只是顺手掩上了门,并没把门闩死。

"我不能来吗?"

任玉巧拉过一条板凳,在安阳跟前坐下,黝黑的脸上一双眼灼灼放光地逼视着他。

"来,啊,能来。"

安阳乍一见她时的不安变成了惶恐,看她妒忌的脸色眼神,安阳感觉到事态的严重了。

任玉巧压抑着自己的声气,可吐出的话却充满了愤怒:

"哪个喊你在她屋头过夜的?"

"不是你一定让我去的吗?"

安阳镇定了一些,心头暗自惊愕,她是咋个晓得他在任红锦处整整待了一夜的?

安阳不敢问,只是显出一副委屈相说:

"我说不去,你还催着我、逼着我去……"

"我只让你去一次,是让你完事了就走。谁知你一去就待了整整一夜。"任玉巧长长地叹了一口气,"你不晓得,昌惠从你那儿回来,我看到你屋头灯很快就熄了,料定你去了任红锦家。我这心头,就像有虫子在咬,咬得心好辛酸。想到你同她睡在一张床上,我心头真是悔啊,肠子都悔青了。"

说着,任玉巧眼里噙满了泪。

"你猜猜我做了啥子?"

安阳木然晃着脑壳。

"我跑到离任红锦家不远的墙角阴影里,紧盯着她卧房的那扇窗。我看到灯熄了,哦,那滋味真不是人尝的。等了好久,总算见到灯又亮起来了。我想事该完了,你该出来了。哪晓得,哪晓得……等了好半天,灯又熄了,你、你没得出来……"

安阳受了感动,不由得吁了口气说:

"我也莫法……"

"告诉我,是不是她缠着你?"

任玉巧身子往前倾了倾,语气放缓了些,手伸过来,抓住了安阳臂膀,摇了摇,啜泣般问。

"她不让我走。"

安阳心里,并不想把一切往任红锦身上推。事实上,他当时也不想走。

"这个骚婆娘。"

任玉巧低低地斥骂一声,继而一把抓过安阳手背,在他手背上轻轻摩挲着道:

"也难为你了,安阳,都怪我。知晓你真去了,我才明白过来,实在是不该叫你去的。好了,去这一次就够了。你再不要去她那里,听见了吗?"

"嗯。"安阳答应着,心里在说,只这一次,任红锦就能怀上娃娃吗?

"觉得孤单了,"看他一脸沉吟的样子,任玉巧安慰说,"我会来陪你。要不,昌惠、昌华不在屋头时,我也会约你。"

说着,任玉巧挤坐到安阳一张板凳上,往安阳身上一靠,抓过他的手,往她的胸怀里一夹。

安阳的巴掌刹那间摸着她柔软的鼓鼓的胸部。

任玉巧转过脸来,双手扳过他的脑壳,把脸凑近他。

安阳见她耸起了两片嘴唇,黑黝黝的脸上泛着兴奋的光,不由得迎了上去,在她耸动的双唇上轻轻吻了一下。

两片嘴唇刚和任玉巧的嘴吻在一起,任玉巧就微张开嘴,贪婪地吸吮着,久久地吻着他。

两张嘴分开后喘气时,任玉巧叹息般说:

"安阳,我再不把你让给哪个了!"

安阳身上的欲望又涌了上来。

他的手不安分地伸到任玉巧的衣衫里面,一下子就摸着了任玉巧鼓突饱满的乳房,身心顿时感到惊喜般的愉悦。

是的,触摸任红锦的胸脯时,他是没有这种快感的。相反他还有种隐隐的失望。

掠过这一念头时,他不由得带着些贪婪一把一把地摸着任玉巧的乳房。

任玉巧的身子一下子歪倒在安阳怀里,仰起脸唤着他:

"好舒服,让你摸着真的好舒服。安阳,姐离不开你了。你说咋个办?"

"你说呢?"

"和你好上以后,我这身上,就像点燃起一把野火,烧得旺旺的,熄不下去了。"

"我每天睡下时,也总是想你。"这是安阳的真心话。

"不准想别个。"任玉巧一把揪住了安阳的鼻尖,"听清了吗?"

"只想你。"

"那才讨姐的喜欢。"

"可我们难得在一起啊。你家里有昌惠、昌华。我这里是孤身一个人住,随时都有人闯进来……唷……"说到这里,安阳警觉道,"你进来时,门闩上了没得?"

"没得关严。"

"那我去闩上。"

"不碍事,"任玉巧按住了安阳,"屋头黑,外面亮,外头看不见里面的。有人来,两个人关在屋头,反而说不清。"

安阳想到随时有人会走近家门前,顿时兴味索然地问:

"那、那我们以后……"

"只有一处可去。"任玉巧说。

"哪里?"

"凉水塘。"

"那里常有人去。"

"憨包,赶场天,寨邻乡亲们全都去赶场了,哪个会到啥都没得的凉水塘坡上去啊?再说,那里有林子,钻得深一点,鬼都不见一个。"

那地方,安阳去过,确实是个好去处。只是,那终究是野外啊,任玉巧爱他也真是爱得疯狂了,敢到那种地方去。

他不由得吻着她说:

"你说了时辰,我就去。"

"这才是我的好幺弟。"

任玉巧一站而起,把安阳紧紧地抱在怀里,情不自禁地热吻着。

恰在这时,安阳家院坝里,响起了李昌惠不耐烦的尖声拉气的呼叫:

"妈,妈,你在哪里?找你老半天了。"

任玉巧的身子僵直了,松开双手,在安阳耳畔说:

"记住了,下个赶场天午间,我们在凉水塘相会。"

说完,不待安阳回话,她又恢复了一个风风火火健壮农妇的模样,几大步赶到安阳家院坝里,扯大了嗓门应道:

"我在这里,还你安阳叔叔的锄头。昌惠,急吼吼地找妈,有哪样事呀?"

"还锄头,哼,你管人家啥子闲事嘛!人家是喝饱墨水的人,还能瞧得起我们这种粗人?"

李昌惠气咻咻地发着牢骚。

母女俩拌着嘴离去了。

G

聂艳秋在沿海几座城市出差的日子,都是晚上给安阳打电话。白天她都在忙,都在赶路。

她说江浙两省的茶乡、茶坡、茶山太多了,她去考察了传统的龙井茶产区,搞清了真正的龙井茶少得可怜,市面上打着龙井品牌的茶叶,不少是假的。就是真的,还分为浙江龙井、杭州龙井、西湖龙井、梅家坞龙井、狮峰龙井,这里面花样多了。她说她也去看了近年来价格卖得很高的安吉白茶、一枝独秀的龙顶茶。她还特意去了新昌的茶叶市场,看他们如何包装和宣传大佛龙井。她钻进了江苏省的茶叶产区溧阳,她又去苏州洞庭山专程考察了碧螺春茶的产地。

天天晚上,她都有一大堆感想说给安阳听。她说她越看越对自家的生意充满了信心,越考察越有启发。

这天她却打破常规,白天就给安阳打来了电话。

照理有了手机,这也是平常事。但是安阳已经习惯了和她晚上通话,忍不住问:"你这会儿在哪里?咋个有空打电话?"

聂艳秋说,她在上海的医院里。

安阳吃了一惊,忙问她害了什么病,是吃坏了还是累坏了。

她笑着说,既没吃坏又没累着,她只是觉得身体有些不适,朋友介绍她在上海的医院检查一番。这会儿正等着无聊,就给安阳打来了电话。这一次她没有提到茶叶,只是说出来时间稍长,有点想家了。

安阳听得出她的弦外之音,说的是想他了。这就是聂艳秋对情感的表达方式。安阳也不责怪她。

也不知是出于什么心理,忍着好些天没说的安阳,这会儿把任红锦母女不幸辞世的事情告诉了她。

显然聂艳秋十分吃惊。她细细地打听了母女俩死亡的情况后,敏感地问:

"安阳,你心里是不是有点怪罪我,不该把她们赶出去住?"

安阳说,这事情来得太突然,也太蹊跷了,作为曾经在一个寨子上居住过的乡亲,他的心里总觉得内疚。

聂艳秋仍然听出了安阳话里的话。她解释说,当时她出差回来,为什么突然决定让她们母女搬出去呢?

安阳说他不明白。

聂艳秋说,她当时也不想讲,现在既然已出了这么大的事,她应该把话讲清楚。说起来也很简单,很好理解。她只是在跟任红锦随意聊天时,知道了任红锦就是偏僻山乡猫猫冲人。也许是她神经过敏了,因为她听安阳说过,焙制茶叶的神秘植物配方是猫猫冲深山里产的,她是怕任红锦母女在他们家住的时间长了,觉察到了这一秘方,那会给他们的生意带来难以想象的后果。

耐心地解释完以后,聂艳秋还特地问了一句:"这下你该理解了吧?"

在安阳看来,尽管聂艳秋是神经过敏,但他却是相信她的解释的。在聂艳秋心目中,她今天的一切,他们创下的这份家业,他们能有今天,都和安阳手中掌握着奇妙的茶叶配方紧密地联系在一起。一旦有人可能威胁到他们的事业,她是会当机立断地采取措施的。

话讲明白后,安阳的心头自然也就释然了。

可是聂艳秋咋个可能想象,安阳在进省城发迹之前,在凉水井寨子上,还会和两个女人有过那么多扯不清、理还乱的隐情呢?

那个时候,安阳只想着得过且过,只想着偷偷地贪欢。

安阳绝没想到,要在两个感情丰富而又性饥渴的女人之间维持平衡,随时随地都会出纰漏的。感情这东西,自有它难以控制的敏感之处。

以后事态的发展,更不是以他的意志为转移的。麻烦的事儿,比他原先料想的还要快地缠上来了。

七

在县城中学读高中时,安阳跟着县城街上的一些同学,也养成了时常洗澡的习惯。

　　回到凉水井寨子以后,就不那么讲究了。只是在夏天,汗出得大,他才会和寨上几个汉子,到寨外的溪河里,跳进齐腰深的水流中,尽情地畅洗一通。春、秋、冬三季,身上脏了,多数是挑来水,在大盆中装满温水,抹洗一番。

　　今天又逢场了,太阳一大早就火辣辣地照耀着山寨。历来觉得凉爽宜人的屋头,都热得人透汗。

　　想到自己久未沐浴了,反正午间要在凉水塘边的林子里和任玉巧相会,安阳赶早带上了毛巾、香皂、替换的衣衫,装作出外去赶场,赶早到了凉水塘。

　　凉水河是从牛蹄山上淌下来的。

　　说来令人难以置信,长长的凉水河,一路淌下几十里滋养着河水两岸无数村村寨寨的乡亲,其源头竟是牛蹄山上一处不起眼的山洞。

　　只见清洌洌的一小股水,从幽深的洞子里无声地淌出来,在半山腰平顺处,汇聚成一泓清澈见底的水塘。老百姓把这片水塘,称作凉水塘。凉水塘团转,由于水分充足,地面潮润,满坡的林木蓊蓊郁郁,翠色宜人。吸饱了水分的绿色植物,就是在烈日下也极力舒展着片片绿叶,享受夏日阳光的沐浴和抚慰。故而,即使在大热天里,这附近的山野,也是一片凉爽。

　　安阳站在水塘边的溪沟里,掬起清澈透明的塘水,抹洗着自己的身子,感觉到难得的舒适酣畅。

　　气温高,水有些凉,林子里传来阵阵雀鸟的啼鸣。

　　安阳只觉得快意而又舒畅。

　　他洗净了身子,把整个身躯躺倒在溪沟里,任凭波光粼粼的水流从自己的身上淌过,阳光里,他觉得自己的身子仿佛也在泛光。

　　正悠然享受着这一片宁静安怡,不提防身后传来一声轻喝:

　　"嗨,怪不得寨上的人都说你爱干净。我说自己是赶早来了呢,哪晓得你的脚更快。"

　　眯缝着双眼躺在水流中的安阳愕然睁开了眼。塘坎上,任玉巧肩上扛着一把锄头,左手提着一只背篼,居高临下地瞅着他,黝黑发亮的脸上带着讪笑。

　　安阳赶紧在水中一个狼狈地翻身,惊慌地说:

　　"我不晓得你会在这当儿来。"

"嘀嘀嘀嘀……"任玉巧发出一串爽朗的笑声,笑得她被汗水浸湿的布衫里的乳房也在颤动。

"你怕个啥唷,这凉水塘边,又没个人来。跟你说吧,一大早牵着牛到寨门口去吃草时,我都清点过了,寨子上能走动的人户,都赶场去了。唉,这年头,哪个不想赚一点活路钱啊?"

"昌惠和昌华呢?"

"哦,石板哨有好多城里开来的卡车收洋芋,两姐弟一个挑一个背的,送到石板哨去了。寨上都传遍了,你没听说吗?"

"听说了的。"

安阳点了点头,心里说,挑那么远的路,一斤不过多个一角两角钱,值吗?还不是赚的劳力钱。在这穷乡僻壤,他的寨邻乡亲们,依靠啥子才能富起来呢?

任玉巧把背篼移过来,挡住一点安阳视线,蹲下身子,利索地脱下身上的衣衫,双手一把将头发拢到脑后,又高高地束在头顶上,灵巧地扎起一个髽髽,继而双脚一伸,滑进了水中。

斑斑驳驳的午间阳光照在水面上,水波闪烁着。

任玉巧的裸体在水中晃悠悠地颤动着,有一种说不出的美感,看得安阳都呆了。

她掬起一巴掌一巴掌的清水,往自己身上撩泼着、抹拭着,嘴里轻轻地吐着水沫,连声赞叹着:

"好清凉的水,真舒服!"

侧身在一边的安阳突地有一股异样感,他仿佛觉得自己置身在仙境之中。

任玉巧的身躯壮硕结实,饱满鼓突的乳房随着她双臂的动作,不时地颤动晃荡着,身上雪白浑圆的肌肉,忽上忽下地跃动着。

安阳虽在床上和她亲昵缠绵了好久,但他也没像此刻一览无余地看到任玉巧的身子。

在大白天光里,任玉巧黝黑泛光的脸,和雪白一片躯体之间的反差,显得愈加大了。

这一瞬间,他觉得作为一个女人的任玉巧,真是美极了。

"你痴呆呆地望个啥子?"

冷不防,任玉巧的脑壳往水中一埋,全身朝水里一扑,四肢舒展地划动了几下,一个猛子就游到安阳跟前来了。

她站直身子,水花从头顶的乌发上、脸庞上淌下来,紧挨着安阳,一只手搭在安阳肩膀上说:

"憨了吗?来,让我替你背脊上抹香皂,你呢,一会儿就帮我抹。"

她从塘坎上的小盒里取过香皂,放在鼻子前嗅了嗅,说:

"好香啊,上次你给我的那块,我拿出来用,昌惠一见就晓得是好东西,藏到她屋里去了,还一迭声追问我,咋个舍得花钱买这么贵的香皂了。这姑娘!"

安阳叹了口气说:

"其实城里人洗澡,都用上比这还好的香波了。"

"我们哪会有城里人的福气。"

任玉巧逮着安阳的手臂,让他侧过身子。她给他背脊上抹了香皂,继而把香皂往他手中一塞,一只手就在他背上轻轻地搔挠着,边挠边问:

"舒服吗,安阳?"

"舒服。"

"那你也替我抹呀。"

任玉巧一提醒,安阳也用香皂在任玉巧身上抹起来。抹了香皂,他也在任玉巧身上挠挠着。

任玉巧经年累月劳动的身子十分结实,可她的皮肤仍滑爽温润,摸着特别舒服。

水波在轻摇轻晃,洁白的皂液带着两人的体香,往坡势低的溪河里淌去。

任玉巧游动的手在安阳的腰肢上停住不动了。

安阳的手托着任玉巧鼓鼓的乳房,目不转睛地瞅着她那一对发亮的紫殷殷的乳头。

两个人的呼吸一阵比一阵局促起来。

任玉巧"扑哧"一声笑了:

"瞧你的眼神呀,都瞪得直了!喜欢,你就要啊。"

说着,她伸出湿漉漉的手,在安阳脸上爱怜地摸了一把。

安阳的巴掌轻轻地笼住了任玉巧圆滚滚的乳房。

任玉巧扳过他的脸,耸起了两片嘴唇,安阳迎上去,两人迫不及待地吻在一起。任玉巧大张着嘴,似要把安阳的嘴整个儿吞进去。她一边狂吻,一边把舌头送进了安阳嘴里,从身心里发出阵阵轻吟般的"哼哼"。

热辣辣的阳光一会儿照耀在他俩的脸上,一会儿拂过两人的头顶。

"哦,安阳,我的好幺弟,我咋个觉得,我们这会儿,像是在梦里,在梦中的仙境里。"

任玉巧长叹着说。

"恍惚之间,我也像在做梦。"安阳由衷地应道,"可看见了你,我又觉得是在活生生的人间。你的嘴里,有一股好闻的酸香气息。"

"真的吗?"

任玉巧感动地扳住了安阳的肩膀。

"我不说瞎话。"

任玉巧又吻了他一下说:

"烤洋芋,苞谷花,水煮酸菜蘸盐巴。我这辈子,过的就是这种苦日子。"

"哪怕是蔬菜,"安阳想到了她让他吃过的锦菜,"你也煮得又香又入味。"

"嗨,给你说中了,我今天还带了点吃的和茶水上坡来,一会儿我们可以一齐吃。"

"你想得真周全,对我真好。"

安阳又一次受到感动。

"也就对你,我会亲得这样子入魔。"

她水中的手一把捉住了安阳。

一阵舒展奔放的快感在安阳浑身弥散,他忍不住俯下脸去,亲着任玉巧的乳沟说:

"你的乳房大得晃人。"

任玉巧不无自傲地一仰脸,双手托起自己挺得高高的乳房,脑壳一歪,问:

"喜欢吗?"

"喜欢。"

"晓得你喜欢。挺吗?"

"挺。"

"任红锦的有这么大吗?"

安阳不觉一怔,面对任玉巧紧盯不舍的目光,他的眼前晃过任红锦平平的胸脯、小小的乳头。他不由得摇摇头。

任玉巧笑了,鄙视地说:

"谅她也长不出。平展展的胸脯,就是怀不上娃娃。你看凉水井寨子上,那些奶娃崽的婆娘,哪个不生着一对饱鼓鼓的咪咪?"

安阳注视着任玉巧颤动弹跳的乳房,似有新发现一般说:

"玉巧,你看,你这乳头下面,怎么会有一个疤?"

一片阴云掠过任玉巧黝黑的脸庞,她用手把自己左侧的乳房托得高高的,掐起乳头瞅了一眼,叹息着说:

"不瞒你说,那是奶昌惠时,屋头穷得没粮食吃,咪咪没奶水,给饿慌了的昌惠咬的。当时都给她咬出血了,伤在我的胸口,痛在我的心头啊!"

安阳一阵心酸,张开双臂,把任玉巧整个儿紧紧地抱在怀里,摇着头说:

"不要说了,玉巧,不要说了,我真不该问你,真不该……"

任玉巧抹了一把眼角的泪说:

"两个娃娃还小,这样的苦日子,不知哪年哪月熬到头。"

"会熬出头的。"

"说说罢了,卖光了洋芋卖茶叶,茶叶都卖脱了,又得等秋后,才能收些东西去场上卖。一年到头的,就是每一场都有东西卖,又能卖出几个钱来?"

说起过日子,任玉巧一脸的愁苦。

安阳能说啥呢?

他也一样穷。尽管他对往后的生活有着许多打算,可只是打算呀,八字还没一撇,他没资格说大话。

沉默片刻,他只得说:

"所以我想出外去打工……"

"快别说打工的话。"任玉巧厚实的巴掌一下掩住了他的嘴,"你妈一死,我就晓得你早晚要出去打工的。可这些天里,只要一想到你要出门去打工,要去到那天高地远的城市,在凉水井再也不能见着你,我的心就毛了,心里乱得做啥子事都提不起劲头了。"

"咋个了?"

"打工多苦啊！你看那些电视上报的,挖煤老二压死的事情,一件跟着一件,没个完。"

"我出去不挖煤。"

"干啥都是挣的苦力钱,我不要你去。"

"那就只能一辈子穷下去。"

"我宁愿穷,宁愿和你一起在凉水井过苦日子。"任玉巧双眼噙着泪颤声说,"安阳,真的,你、你快亲亲我的伤疤。"

安阳见她说话间泪水都涌了出来,赶紧把她往起一抱,一口噙住了她的乳房,似要吞下她湿润的乳房一般,心醉如酥地合着眼说：

"哦,玉巧,我不走,一时我还不会走……"

"那我们到林子里去吧。"

"要得。"

任玉巧的身子贴紧了安阳,两个人站在溪沟里一动不动。

任玉巧的嘴巴凑近安阳的耳朵,轻声柔语地说：

"姐好想和你做成一家子,姐好想和你在一个枕上睡。哦,安阳,姐满以为,和你好上一会儿,就可以缓解我心头十几年的火。哪晓得,尝过一回鲜,我身上的火全燃旺了。安阳,好幺弟,噢,姐是你的人,姐全是你的了,姐要给你,全都给你……"

她一边说,一边轻轻柔柔地抚摸着安阳稀湿的躯体。

安阳感觉到自己忍不住进入了她的身子,一点也没费劲,一点也不慌张。

太阳明晃晃地照耀着凉水塘的水面,水波轻摇着,涟漪荡漾着。

树林子里的蝉鸣,涨潮一般喧闹着。

一股清凉的流水,顺着山水沟,沿着凉水河直泻而下……

擦干了身子,穿上衣裳,安阳和任玉巧双双坐在林间的树荫下,靠着树干,吃了任玉巧装在背篼里带上来的泡粑,喝着茶水说悄悄话。

安阳嘴里啜着茶,把脑壳美美地倚靠在树干上,眼角瞅着任玉巧说：

"怪了,渴了、累了,我在屋头也泡茶喝,咋就没得你这茶好喝呢?"

"我这茶好喝在哪里?"

任玉巧笑吟吟地问。

"没喝,光是闻闻,就有一大股清香。喝到嘴里,茶味浓,爽口,还甜甜的,特别提神。"

"你把这茶夸成仙水了。"

"不是夸,真好喝。"

"那我就没白费劲。跟你说,这是我今年开春时节采的芽尖,在高山茶坡上摘的。想到要给你喝,我特意泡的。"

"怪不得。"

"你要喜欢,我屋头还有,拿报纸来包点去。让你天天喝着我采的茶,心头也好记挂着我……"

话音未落,安阳慌张地一逮她的手臂,坐直了身子道:

"听,玉巧,好像有人来了。"

任玉巧的脸也变了色,当即支身站起来,歪着脑壳,仄耳倾听着。

春天安详明亮的阳光下,凉水塘汩汩的流水声中,隐隐约约地传来阵阵忽重忽轻的脚步声,似乎还有人在拨动着路边的灌木丛丛。

任玉巧的眼珠一转,悄声对安阳说:

"当真的,有人在走来。哎,这当儿,会是哪个呢?"

"咋个办?"安阳的声气里透着惊慌。

让人撞见他和任玉巧一男一女在凉水塘边,那就跳进水里也洗不清了。

"莫慌。"

任玉巧把手摆了摆,又指了一下林子。

"你先去那里躲一躲,躲深一些,不要出声。"

"那你呢?"

"我一个女人家,撞见人没关系。快走。"任玉巧一面说,一面手脚利索地把东西收拾进背篼。

安阳慌急慌忙地转身钻进了凉水塘边的树林。

他刚在林木深深的粗大树干后面隐住身子,就听见了凉水塘边传来的对话声:

"唷,是么姑啊,我说是哪个,好安逸!在凉水塘边歇气儿呢。"

085

"天太热了。红锦,赶早上坡来,挖了点蕨根,掏了半背篼猪草,我还挖到了刨参哩!你看,这刨参的样子像不像个人?"

"还真有点像呢,听说,这是男人吃了补的东西……"

"炖鸡吃更好。"

"幺姑,你在这里歇多久了?"

"汗水打湿了衣衫,我就跳进塘水中洗了洗。幸好,没一个人拢来。"任玉巧说话的语气始终是安安然然的。

"看到淌下山的溪沟里泛起白色的皂沫,我以为是安阳在凉水塘洗澡呢,都不敢往上走了。哎,这不是安阳用的香皂盒吗?"

"亏你一眼就把安阳的东西认出来了。这是他送给昌惠的。"任玉巧的声气有些不自然地说。

"原来是这样啊!幺姑,你半天在坡上,见到安阳了吗?"

"没得,他上坡来了吗?"任玉巧的声音里透着警觉。

"来了,我远远地看着他离开寨子,顺着凉水河一路上坡来的。怪了,咋个就不见他人影呢?"任红锦语气里的狐疑是明显的。

"克明嫂子,和他睡过一宿,就牵念他了?真是一日夫妻百日恩啊。"任玉巧呵呵笑着说,"我想,他会不会穿过凉水塘到三岔口茶坡,去看他家那几亩地茶园了?"

"说的也是,幺姑。我和安阳,是你给牵的线。我跟你道真情,我这心头、心头……还、还真、真是牵他。"

"巴望肚子里快快兜上瓜儿。"

"倒也不是,就是巴望他再来。幺姑,我不瞒你,没得到过男人,不晓得是个啥滋味;得到了安阳,我的一颗心都巴在他身上。我想、我想……"

"想啥子?"

"想离开克明,和安阳做成一家,过日子算了。"

"那你咋个对得起克明呢?这是万万使不得的!寨邻乡亲们晓得了,不把你扒层皮才怪呢。"

"我晓得。我不对别人讲,就跟你说说。"

"跟我说也不行。"

"我心头……"

"你给幺姑说真心话,睡那么一宿,管用吗?"

"我哪里说得清啊!幺姑,就是心头巴望,盼他来。你见了他,再替我说说。哎呀,羞死了!走吧,我们走吧。"

……

两个女人的说话声渐远渐轻,终于听不见了。

紧张得头皮发麻的安阳从隐身的大树干后面露出身来,眼睛瞪得直直的,脑壳里一片茫然。

H

安阳拨通七里冲李昌惠家的电话,才响了一下,电话就有人接了:

"你找哪个?"

声音压得低低的,安阳还是听出来了,这是任玉巧。

"我是安阳,你们在家吗?"

安阳试探地问着,抬起头来,瞅着自己那一辆停靠在路边的新崭崭的别克轿车。

"我和娃儿在家,娃儿刚睡着。昌惠和她男人都在外忙。安阳幺弟,你哪天来?"

安阳明白她为啥子压低嗓门说话了,他往两边瞅了一眼,道:

"我这会儿就来,行吗?"

"这会儿来?嗯,这……要得,要得,你来吧。多长时间到?我总要准备准备啊!"

安阳想象得到她那吃惊和发慌的神情,坦然说:

"不要准备啥子,我恰好在郊区办完事,路过七里冲,就转过来看你。"

这是他预先想好的措辞,其实他是特意来的,而且故意挑李昌惠和她男人不在家的时间。车子在七里冲转了一圈,他已经找到了李昌惠家租住的那个农家旧院坝。

他把车子停在离加油站不远的路边,一来是安全,二来是不想把车子开到那片农家院坝跟前去。听明白就任玉巧一个人在家,他甩着双手,慢吞吞地朝那个院坝走去。

冬日的午后,农家院坝里一片明晃晃的太阳。

安阳刚一敲门,一阵重重的脚步声就传过来了。

门一打开,任玉巧出现在门口,慌里慌张地招呼着:

"安阳,你来得好快啊,我以为总得等上半个钟头。哪晓得,你像会飞一样,说到就到了。哎,就你一个人来？快,快进屋来。"

她说的话愈多,愈是显得神情紧张。

安阳随着她一进屋,她就把门关上了,还利索地落了锁。

冬阳从窗户里照进屋来,屋里还暖和。

安阳在靠墙的一张铺着大毛巾的沙发上刚落座,任玉巧就端了一杯茶过来。

"吃茶,吃茶。哎呀,你看,这屋头好乱。"

说着,她随手取走了一件搭在沙发上的衣裳。

沙发有点塌陷了,安阳坐着感觉不舒服。

他端过茶几上缺了口的杯子,瞅了一眼,杯子虽是缺口的,茶叶却是凉水井的好茶。他不由得朝着杯子吹了口气,呷了一口茶。

"这是我从凉水井带出来的。"

任玉巧挨着他在沙发上坐下,转过半边脸,目不转睛地望着他说:

"安阳,六七年了,你真一点也不出老,相反白净多了。不像我,活脱一个老太婆。"

"你也不老。"

"哪里呀!"话是这么说,任玉巧的双眼亮晶晶的,还是显得神采飞扬。

"我不说瞎话。"

安阳不是恭维她,她确实不出老,原先黑黑的脸现在红润了一些,额头上添了些细纹,也还耐看。

任玉巧的身子往安阳身上轻轻一靠,说:

"都说你发了大财,当了真正的老板,讨了漂亮婆娘,住上了花园别墅,日子过得十分安逸。"

"你呢？"安阳不接任玉巧的话,岔开话题问,"这些年是咋个过来的?"

"昌惠出嫁以后,我就挨昌华过,等着他从县中毕业,他没得考上大学,母子俩勤扒苦挣地为他娶了一个婆娘。成家以后,昌华就去深圳打工。这两年他在那里站稳当了,把婆娘、娃儿接了过去。我在凉水井就成了孤身一个,恰好昌惠家要人帮忙,我就来了。"任玉巧两眼灼灼地瞪着安阳道,"哪晓得,刚来没多久,就听说任红锦和李昌芸死了。"

"真是不幸。"安阳几乎是无声地说着,把手搭上任玉巧浑圆的肩膀。

任玉巧的肩部颤动了一下,把整个身子转过来,大睁着一双泪眼,盯着安阳唤了一声:

"安阳幺弟。"

安阳应了一声,朝她点头。

她把脸贴近过来,嘶声说:

"你走以后,虽说是无望了,可我仍想你啊!安阳,想得我好苦。"

说着,她呜咽起来。

安阳抹拭着她脸上的泪,把脸挨上去,亲着她。

任玉巧双臂一张,紧紧地抱住了安阳,激动万分地啜泣道:

"安阳,你心中还有我。"

她狂放地亲吻着安阳,一面亲吻,一面断断续续地说:

"昌惠让我来省城,我就想着会见到你。真的,光是想想,我的心就抖。安阳,我们、我们有几年没在一起了呀。走,进我那间屋头去。"

安阳把任玉巧紧搂在怀里,摇了摇头说:

"万一昌惠回来了,那、那不是又和在凉水井一样了?"

这话果然有效,任玉巧浑身打了一个寒战,顿显冷静多了。她喝一口茶,拭了一下脸上的泪,端坐在安阳身旁说:

"那我啥时候去你家?"

"你敢去?"

"咋个不敢?只要你同意。"

"不怕碰上聂艳秋?"

"我怕她干啥子?我带上昌惠的娃娃去。"

安阳淡淡一笑说:

"那当然可以。不过,这几天聂艳秋出远差了。"

"那好,我明天就去,你愿不愿来接我?"任玉巧爽快地问着,双眼瞪得大大地望着安阳。

"明天,要得嘛。来之前,我会给你电话。只是,只是……"

"只是啥子?"

"你事前不要跟昌惠讲,也不要说我来过。"

"明白了。安阳,我要你记着,我的一颗心是巴在你身上的。"

任玉巧说话时,流露的是一片真情,她像想起了什么似的说:

"哎,你不晓得吧,任红锦和李昌芸死以后,公安局来找过我们。"

安阳的心一紧,平静地问:

"他们来问啥子?"

"问她们两个和你是啥子关系。"

"你咋个答的?"

"我没得答,是昌惠答的。昌惠只晓得我和你的事情,你和任红锦的事,她啥都不晓得。她就说,是一般的寨邻乡亲关系。我只在旁边点头。"

安阳呼了一口气。

任玉巧以为安阳是在叹息,也跟着叹气道:

"任红锦这人,真是没得福气,好不容易熬到李克明死了,到省城找到了你,又摊上这等灾祸。"

"太意外了。早知这样,我就让她在孔雀苑住下去了。"

任玉巧扳住安阳的双肩,悄声问:

"她和你住在一起,缠不缠你?"

"咋不缠?只要聂艳秋不在,她就往我身上黏。"

夜深人静,任红锦还离开女儿,钻到安阳的床上来。安阳不想说了。

"她以为她有这权利,你是李昌芸的爹,她是李昌芸的妈。"

"就因为这,怕聂艳秋看出来,才特意让她到外头租了一套房。谁知又会惹出祸事。"

"哎,安阳,你给我道实情,任红锦找上门来,你晓不晓得李昌芸是你的女儿?"

"不晓得。"

"她说了以后呢?"

安阳没有马上答话,端起茶杯,把一杯茶"咕嘟咕嘟"全喝个光,愣怔地盯着任玉巧,不说话。

任玉巧大约也看出了安阳的神情有异,乖巧地不吭气了,只是偎依着安阳,静静地坐着。

安阳岂止知道任红锦带来的李昌芸是他的女儿,他甚至还记得,这个女儿是在何种情形之下怎么怀上的。

八

连续几天,都是黄昏有雨,一直落到下半夜,落得山水沟里淌得响起来。

天亮以后,天就朗开了,远山近岭都像被洗刷过一般,显得清碧明净,好看极了。

田头的谷子、坡上的苞谷、黄豆,都在风调雨顺的季节里滋润地生长。

农活不忙,安阳独自个儿的家务事也不多。

晚饭后,他到有电视机的李克全家看了一阵电视。电视里演的是一个外国讲恋爱的片子,荧屏上的男子粗实健壮,一脸的络腮胡子。女子则是个高鼻梁、高额头、高胸脯、大嘴巴的漂亮姑娘,她的一双眼睛大得出奇。两个人待在一起,只要一有机会,就会亲嘴、拥抱,互相抚摩。电视里把许多细小的动作都拍出来了。那外国女人一对乳房,一半露在外头,挺挺地鼓得老高。

看得安阳心里毛躁火燎的。不知为什么,一边看,一边他的脑壳里头总是闪现出任玉巧和自己亲昵缠绵时的画面。他真恨不得能和任玉巧单独地待在一起,学学外国人那些动作。可他也晓得,这是痴心妄想。到了晚上,任玉巧是不可能来找他,他更是不可能闯到任玉巧家去的。

屋里,平时看电视总是叽叽喳喳、吵吵嚷嚷的屋头,这会儿一片静寂。

李克全不满地吼了一声,动作粗暴地把电视机关了。

入神入迷地聚在他家看电视的姑娘小伙们吵吵嚷嚷地一哄而散。

安阳也冒雨小跑着回了家。

洗了脸,洗完脚,开门出去泼水。

雨下大了,还夹杂着电闪雷鸣。

凉水井寨子上静寂下来,寨路上没一个人影,不少农家已熄了灯。

安阳被电视上的画面和没演完的情节撩拨得心神不宁,正要闩上门去睡觉,骤雨声中,一个人影身披蓑衣、头顶斗笠,踢踢踏踏地冲进他家院坝,跑上了台阶,轻拍着门。

"是哪个?"安阳惊问。

"我,安阳,快开门!"任红锦在门前台阶上轻轻唤着。

安阳刚把门打开,任红锦就闪身进了屋。从她的斗笠上,淌下一小股一小股水,直溢在地面上。

"这么晚了,"安阳愕然盯着粗声喘息的任红锦问,"有啥子事?"

"你忘啦,安阳?"

"忘记啥了?"

"去我那里呀!"

任红锦双眼瞪得老大,直勾勾地盯着他。

"真想不到,你是这么个薄情人。那天你离去之前,我对你千叮咛万嘱咐,让你得空去我家。你就是没事人一样,拖着不去。你不知,我天天晚上都给你留着门。我……安阳,我就猜,是不是另外有什么人在缠着你啊?"

"没得。"安阳急忙摇头否认,极力保持着脸上的镇静和安详,"你说这会儿去?"

"是啊,熄了灯,走吧。"任红锦两眼灼灼放光地催促着。

安阳把脸转向门外,风雨声响得一片嘈杂,他摇一下头说:

"雨下得这么大,改天吧。"

任红锦的嘴巴噘了起来:

"你要不去,我就不走了……"

说着,她一昂脑壳就顾自往屋头走。

"在你这里睡也一样,反正我已经是你的人了。"

安阳跟着她走去。

"任红锦,你这……呃……"

话没出声,任红锦一个急转身,把他紧紧地抱住了。

"哦,安阳,我求你一次,真不易啊!你咋不想想我是多么盼着你?"

说着,她把自己的脸往安阳的脸颊上贴来。

安阳感觉到她对自己的那点感情,不由得捧过她的脸,在她嘴上吻着说:

"我是怕……"

"怕个哪样呀?"任红锦截断了他的话,"我们再不待在一起,就没时机了。"

"咋个了?"

"李克明捎话来,说赶过这一场,就要回家来一趟。要不,我咋个会冒雨来催你啊?"

安阳心情复杂地久久地吻着她。

她被吻得有了反应,舌头伸出来,探进安阳的嘴里,和安阳甜甜蜜蜜地亲着。

"哦,安阳,和你在一起,连亲嘴都是有滋有味的。"任红锦感叹说,"和李克明虽是夫妻,可是做不成事,两个人干什么都是乏味的。你不知道,自从和你睡过那一宿,我这心头就只有你,做啥子事情,都是懒心无肠的。一抬起头来,就朝你家这里望,想看到你。"

安阳听得出她说的完全是真情话,不由得受了感动,他更热烈地吻着她。

任红锦一边愉快地接受着他的吻,一边用双手使劲地逮他。

两人不约而同地挪步进了里屋床边。

任红锦首先倒在床上,顺势也将安阳逮倒下来,双手轻柔地摩挲着他的脸,嘴里喃喃道:

"安阳,哦,安阳,安阳……"

安阳被她一声声唤得浑身涌起了一股狂热、焦躁的冲动,他情不自禁地胡乱扯着她的衣衫。

任红锦推了他一下,指了指外屋,说:

"去关灯。"

安阳像条听话的小狗似的利索地下床,跑出去关熄了昏蒙蒙的灯光。

退回到里屋,屋内已是漆黑一片。

安阳小心翼翼地挪步到床头,只听任红锦轻微地喊了一声:

"来。"

他刚俯身下去,任红锦两条光溜溜的胳膊已经伸出来搂住了他。

可能是在自己家里,又是在乌漆墨黑的幽暗里,安阳显得比哪一次都从容得多。刚才看过的电视上的画面,似乎又在诱导着他,他很快就显得既雄壮又贪婪,还带着点儿发泄的粗蛮。

任红锦开头还有一点本能的羞涩和节制,可在安阳不停的爱抚和有力的刺激之下,她也随着一阵阵欢爱的喜悦变得癫狂起来。她迎合着安阳,紧紧地抱住了他,毫无保留地奉献着自己的一切。

屋外是山乡的夏雨,滴水声、淌水声伴着风吼,交织成一片嘈杂热烈的喧响。

……

一夜无话。

安阳是被雨后放晴的鸟啼唤醒的。

他睁开眼睛的时候,惊讶地发现屋里已经亮了,躺在旁边的任红锦正用一双黑白分明的大眼定定地瞅着他。他顿时想起了风雨之夜的一切,悄声说:

"你早醒了?"

"嗯。"

任红锦不无羞涩地移开了目光,又亲昵地把蓬散着一头乌黑短发的脑壳倚在安阳肩头上,眨巴眨巴眼皮说:

"安阳,昨晚上,我欢极了,比头一回还要好。这一回,我真正晓得了,人为啥子要成亲。你呢?"

"也是。"

"你说,"任红锦的目光瞅着楼板,充满热望地说,"我们做得这么好,会怀上一个娃娃吗?"

安阳的心头极为复杂地一沉,任红锦的话让他想起了她的目的,让他感觉到自己只是一件工具,心里极不舒服。他摆动脑壳,干涩地说:

"不晓得。"

任红锦却支身起来,脸对着他说:

"安阳,跟你道心里话。这些天,我这心头已经全都是你了。真要怀上了你的娃娃,我这心连同魂灵,还不知咋个巴在你身上哩。"

安阳被她的话说得有些心动,不由得伸手搂着她的肩膀。

任红锦接着道:

"安阳,说心里话,自从你成了孤家寡人一个,我就晓得你在凉水井待不住。你有知识,有文化,喝过不少墨水,早晚要出外去闯。我就想、就想……你知道我想啥子?"

"不晓得。"

"你猜。"

安阳摇头说：

"我猜不出来。"

"跟你说啊,我总在想,真怀上了你的娃娃,我就和克明打离婚,怀着娃娃跟上你外出去闯荡,去打工。"

安阳在她肩上游动的手停下来了。

这可是他从没想过的,原先他只想贪欢,只以为任红锦是要达到怀个娃娃的目的。谁知才和她睡上两回,她就从心底里爱上他了。

任红锦把脸转过来,吻着他问：

"你说呀,要我吗？"

"可惜,我娶不成你。"

"为啥子？你不也是个大男人？"

"你是李克明的婆娘。"

"我说了,我可以和他打离婚。"

"他是不会答应的。"

"他不答应我也要离,闹上法庭我也离。我听说过的,像这种情况,法院会判离的。"

"离了我也娶不了你……"

"那又是为啥？"

"我穷得叮当响……"

"再穷我也心甘情愿,再穷我也愿跟你,不跟李克明那个假男人。再说,人哪会一辈子穷下去？凭我们两双手,只要勤扒苦挣地做,还能永远受穷？"

显然,任红锦对这一层想得很深了。

安阳叹了口气说：

"真要这样子,我这一辈子,离开了凉水井,就再没脸面见人了。"

"是啰,"任红锦也长长地哀叹了一声,"我晓得,这些像在做白日梦,能怀上一个娃娃遮羞,已经好上天去了……"

话没说完,她陡地闭了嘴,身子僵直地蜷缩起来。

安阳也警觉地仄起耳朵,隐隐约约的,从卧房后门口,清晰地传来轻微的脚步声。

继而,方格格窗棂上响起了轻轻的叩击声:

"笃——笃——笃——笃,笃,笃……"

床上的任红锦紧张得双臂搂紧了安阳,贴着他脸悄声问:

"会是哪个?"

安阳感觉到任红锦的身子在发抖,他安慰般在她肩上摸了两下,心里猜得到,这多半是任玉巧。但他装作浑然不知地摆摆脑壳,紧闭着嘴不吭气。

叩击声刚停,隔着窗户,传来了任玉巧压低了嗓门的轻唤:

"安阳,安阳,还没睡醒吗?安阳幺弟……"

"是李幺姑!"

尽管她压低了嗓门,任红锦还是一下子听出来了。她狐疑地对安阳耳语着:

"她找你干啥子?"

"不晓得。"

安阳摇着头低语,人也紧张起来。他真怕任玉巧喊出更加亲昵的称呼来。

外面的脚步声又传到后门边了。

安阳家梓木板的后门上,又响起了几下叩击声和隔着门板的轻呼:

"安阳,安阳幺弟,是我呀……怪了,莫非一大早就上坡去了?"

失望的自言自语的说话声和脚步声渐渐远去,终于消失了。

卧房里一片清静,任红锦像突然爆发了一般,陡地一个翻身扑在安阳身上,醋劲十足地涨红了脸说:

"安阳,你说实话,李幺姑一大清早摸到你后门头来做啥子?"

"我咋个会晓得?"安阳尽量保持着自己语气的平静,可他的眼睛不敢对着任红锦的眼神。

"我赌你是晓得的。"

任红锦妒忌得鼻孔里呼呼地出着粗气说:

"一声一声地喊你'幺弟',喊得好亲热啊!给我说实情,你们是不是早就暗中相好了?"

"你不要胡打乱说。"

"我咋个是胡打乱说？李幺姑是寡妇,她要真有事找你,就该带上娃娃,在大白天从院坝里进来。她咋个偏在这清早无人的时辰,摸到后门边来?"任红锦妒意不消地道,"你听听她叫你的那种口气呀,哼……"

"我说不上来,不过,也可能是她上坡割草,从后门边路过呢……"

"你莫替她编!安阳,你们两个准定有花哨。不要以为我不晓得,平时李幺姑说话嗓门有多大,可刚才她把嗓门压得低低的,就像在同你说情话。"

"你越说越没得边了。"

"你别以为我蒙在鼓里。上一回赶场天,我远远地看准了你上坡往凉水塘那里去了。等到做完屋头的事情,我也跟着到凉水塘来找你。结果,没找着你,却碰到李幺姑在那里。你咋个说?"

安阳坦然道：

"我是翻过凉水塘,去三岔口茶坡了。"

"反正她心头有鬼。那天,我们一路从凉水塘下坡回家,我给她明说了要和李克明离婚,跟你过,亲亲热热做成一家子。她一脸的不愿意,连说话的声气都变了。哼,你又不是她亲弟!再说,她怕你和她女儿昌惠好,听到我愿跟你,她为啥不答应,满脸的不踏实……"

"哎呀,任红锦,你越说越离谱了。你细想想,她真和我有啥子,还能为你和我之间牵线吗?"

安阳被任红锦一句一句逼问得实在没词回话,憋得急了,总算找到了这么一句。

听了这话,任红锦不觉一怔。她把整个身子扑伏在安阳身上,放柔了声气道：

"莫怪我,安阳,实在是我的心头把你放在第一位,我真怕李幺姑这个风骚寡妇把你夺了去。"

"她比我大这么多,你想会吗?"安阳反问着,轻轻抚摩着她的背脊。

"是啰,在心头,我也这么说。论年纪、论相貌、论文化,我都比她强。当姑娘时,我好歹还是个初中毕业生。她呢,听说只念过两年书,初小都没得毕业。我还怕她啥子?"任红锦自得地笑道,"可我就是觉得不踏实、不安逸。安阳,你莫隔着衣衫摸呀。来,替我把衣裳脱了。我、我们睡吧……我、我还想要。"

"天都大亮了。"安阳有些迟疑。

"怕个啥子？我真怕克明一回寨子,我们就找不着机会亲了。"

任红锦一边啧啧有声地亲吻着安阳,一边就在安阳的身上使劲扭动起身子来。

安阳的性子顷刻间被她唤了起来。他翻身坐起,把她压在自己的身子底下,凝望着她的双眼,悄声发问："你还想要吗？"

任红锦的脸上飞起了一股绯红,两眼欣喜地瞅着他,脉脉含情地颔首一笑,张开双臂搂住了他。

1

安阳确信,他和任红锦的女儿李昌芸,就是在任红锦到他家来过夜的那一次怀上的。

至于是头天晚上的雨夜怀上的,还是第二天一大早怀的,他就说不清了。他只记得,那一次过后没几天,李克明就从县城里回来了,安阳和任红锦也再没机会待在一起偷情、偷欢。

而就在这以后不多久,凉水井寨子上,纷纷扬扬地传出了多年不孕的任红锦终于怀上了娃娃的议论。

李克明一大家人都喜滋滋的。

人们普遍的说法是,两口子分开一段日子,还是好,天天念着要怀娃娃,偏偏怀不上。分离得久了,久旱逢甘露,一不小心就怀上了。这叫要想甜,加点盐。

结婚几年不得娃娃的李克明,自然是欢喜不尽,人也顿时精神了好些,逢人都笑眯眯的,给人散一支烟,点上火,有滋有味地抽上几口,然后就说:"给你道实情吧,我这一回出去,名义上是去加工厂打小工,实际上是找县城边上的一个老中医。那个留一大把白胡子的老者,家中藏着祖传秘方,硬是神哪!你看你看,才吃了他几帖药,回到凉水井,任红锦就怀上了,兜上瓜儿啦!哈哈,现在我啊,一心待在家中伺候婆娘,再不到外头去打工了。"

正因如此,原先在任玉巧和任红锦两个女人之间摇摆的安阳,也就一心一意和任玉巧如胶似漆、忘乎所以地相好起来。

任红锦在他们之间横插了一杠子,使得安阳和任玉巧之间的野火无所顾忌地越烧越旺,终于露了馅。

九

　　安阳孤身一人在凉水井过日子,不喂狗,曾是寨邻乡亲们议论的热点,说他到底年轻,胆子大。单身汉,单身汉,油锅不响不吃饭。一个人离家时,难道就不怕人偷,不怕强盗抢?安阳呢,心安理得的,家里原本就穷,没啥东西让人偷,也就任随人议论去。

　　这一阵,任玉巧有事无事,白天、黑夜逮着机会就来会他。院坝里没狗,反而成全了他们。

　　那天晚上,任玉巧悄没声息地闯进屋头,真把安阳吓了一跳。

　　煮熟了猪潲,安阳正在封火,不提防背上让人重重地推了一把,安阳手中的火钳"当啷"一声落地,人也险些摔倒。他转脸一看,任玉巧不知什么时候悄没声息地进了他家中。只见她怒气冲冲地瞪着他,低低地吼了一声:

　　"你干的好事!"

　　相好以来,任玉巧从来没用这样的态度对待过他,安阳不知啥事儿把她惹毛了。他诧异地眨着眼问:

　　"我、我干了啥子?"

　　"装,你还装!我问你,那天一大早,我来到你屋后,敲你的门窗,你是咋个说的?"说话间,任玉巧的食指,几乎戳到安阳的额头上来。

　　安阳镇定着自己说:

　　"我赶早出门上坡去了呀。"

　　"你还要骗我。"任玉巧一头撞到安阳胸前,拳头连连捶击着安阳胸口,疯了一般晃着脑壳说,"那天,你明明和任红锦双双躺在床上,却装着耳聋,不理我,让我出丑……"

　　说着话,任玉巧发狠地掐着安阳的脸皮,泪如雨下。

　　"哪个说的?"安阳虽然还想抵赖,可说话的声音已没了底气。

　　"还有哪个会说?"任玉巧双手揪住了安阳的衣裳,使劲地摇晃着说,"是任红锦亲口对我说的。"

"她咋个会对你说……"安阳还想抵赖。

"她咋个不会对我说？她是猫猫冲人，我也是猫猫冲人，都是姓任。你忘了，她嫁到凉水井来，还是我当初牵的线。她当然要对我……她说、说……她一脸的满足，说得好得意啊！说在你屋头过了整整一夜，大清早的，刚醒过来，在床上正和你亲热，听到了我叫你的声音，只是怕羞，才不好意思答应。她还问我，一大早找你干啥子，有没得要紧事。唉，我被她问得脸一阵红、一阵青，眼睛不晓得往哪里望。安阳，你好狠心，你个坏家伙，吃着碗里的，瞅着锅里的。有任红锦陪你，就不理我了。嗯……"说着说着，任玉巧一头埋进安阳的怀里，嘶声痛哭了起来。

安阳泥塑木雕一般直挺挺地站着，不晓得说什么话才好，事情到了这一步，他还有啥子好说的？

见她哭得伤心，他用手安抚着她的肩膀。

她把肩膀猛地一抖，要甩脱他的双手。

安阳两只手牢牢地抓住她的双肩道：

"你要我咋个做？把门打开，让你进屋，亲眼见着她睡在床上。是不是？"

"呃……"任玉巧也没话说了，停顿片刻，她一跺脚说，"不是跟你说，不要搭理她了吗？"

"我是不理她了，可她跑去我那里，要我去她家，我不去，她就留下不走……"

"这个骚婆娘！"不待安阳说完，任玉巧就愤愤地骂了起来，"这下她总算逮着了，乡间卫生院说她有了。她还怕不是真的，又去县医院查。查明白了，她就四处说，自己的肚皮兜上瓜儿了。"

安阳的脑壳一阵阵发紧，头皮在发麻。

仿佛直到此时此刻，他才清醒地意识到，任红锦怀上的，实际上是他的骨肉。

"从今往后，"任玉巧拼命地摇撼着安阳的身子，咬牙切齿地警告道，"不许你再同她有半点瓜葛，一刀切两半，你不能去她家，更不能让她进你家的门。听见了没得？"

"听见了。"

"你是属于我的，是我的亲人。"

任玉巧张开双臂,激动地把安阳整个儿搂在怀里,浑身战抖地将她糊满泪水的脸,贴在安阳脸上。

当安阳俯下脸去吻她,嘴唇刚触碰到她时,她出其不意地一口咬住了安阳,低低地吼道:

"安阳,我要你、要你。我也要给你生个娃娃。"

说着,就扯住了安阳往里屋走。

安阳稳住了身子说:

"门还没关呢。"

"我进屋时,已把门闩上了。安阳,今晚我不走了,我也要同你睡过夜,同你过、过……"

这一晚,任玉巧真是疯了。

她的神情像变了一个人,一头乌发完全蓬乱披散开,身上脱得一丝不挂,无休无止地要安阳抚慰她、亲她、抱紧她、给她,向安阳提出种种平时做梦也想不到的要求。她舒展四肢喘息着,无所顾忌地惊叫着、喘息着,蹬腿舞手地低号着。欢笑的时候垂着泪,哭泣的时候张嘴咬。她在一阵阵的发泄中寻找刺激,她在肆意的放荡中释放内心的压抑。

当安阳显出疲倦的神情时,她把安阳按倒在床上,极尽温柔地从安阳光洁红润的额头,缓缓慢慢地朝下亲吻,一直吻到安阳的脚背上。

她说,她要让安阳一辈子都记得这个夜晚,她要让安阳心头永永远远记着她。

她赌气说她要过夜,但是到了夜深人静,她还是离去了。不是安阳要她走,而是她生怕昌惠和昌华不见她归,发了急,出来挨家挨户地找,惊动了寨邻乡亲。

这以后,平静了一些日子。

凉水井寨子上,既没人对任红锦的怀孕说长道短,更没人对安阳和任玉巧之间隐蔽微妙的情人关系看出啥子破绽。

唯有安阳晓得,他和任玉巧之间的感情,像大太阳底下坡上悄没动静地烧起来的野火般,越烧越旺,越燃越烈了。

只要有一天见不着任玉巧,他就会像失了魂般呆坐在屋头发愣。或是转转悠悠地不知不觉走到任玉巧家附近去,哪怕是瞅上她一眼呢,对他也是好的。

有几次呢,没见着任玉巧,相反却撞见了李昌惠。李昌惠再也不喊他安阳哥了,见了他,就像是见着了仇人,一甩辫子,"噔噔噔"几大步就走得远远的,表示仍在生他的气。哪怕是找得着借口,安阳也走不进任玉巧家了。

任玉巧呢,迷得比安阳更痴,得到机会,就往安阳屋头窜;得不到机会,她也要找个借口,找一口药啊,换几个零钱啊,借一把锄头啊,哪怕只在安阳跟前待上片刻,也是好的。

不晓得她看出来没得,反正安阳心中已有点感觉了,只要任玉巧一找他,待上不多一会儿,李昌惠就会喊魂一样地叫起来:

"妈,妈,你在哪里?"

弄得任玉巧只得慌慌张张地离去。

转眼到了夏末秋初。

黄豆可以剥来炒吃了。向日葵垂下了结满籽的圆盘,不再自早到晚地向着太阳转了。水田边的秧鸡,仍在不知疲倦地叫唤着。寨邻乡亲们都说它叫得这样子放浪,是在呼唤着伴。

安阳到水井边担水,碰到了任玉巧。

玉巧见身边无旁人,朝安阳眨着眼睛说,天色好,今天正是摘苞谷的好时辰。她要去给两个娃儿摘点嫩苞谷来尝新,解解馋。

说着,她挑起两桶水,一摇一晃地走离了井台边。

俯身打水的时候,安阳心头说,是啊,坡上的苞谷开始成熟了,他也得去掰些回家,若是熟得透,就收回家来;若是刚成熟,那就掰一背篼回来,煮嫩苞谷吃。

担着两桶水回家时,他心中当然明白,任玉巧是在告诉他,她今天要上坡到自家的苞谷林里去。

他可以装着没听懂她的话,可以不去。可他做不到,连续好些天,他和任玉巧没在一起亲热了。那种焦灼,那种饥渴,真的是难以忍受。晓得了她的行踪,他是一定要去的。

他哪里是在准备上坡去掰苞谷,他简直是在期待着约会。当他挑着一担箩筐从后门上坡时,他的心兀奋得"怦怦"直跳。

从坡上望下去,绿树掩映的凉水井寨子,在初秋的阳光下一片安详。平坝的稻谷地里,风把稻浪吹成一波一波的,真的好看。

安阳把箩筐放进自家的苞谷土里,随手往箩筐里摘了几个苞谷。他扳开苞谷穗须看了,苞谷还嫩,挑回家去,正好煮嫩苞谷吃。他晓得任玉巧家的苞谷土就在离这里不远的岭腰间,就是不知任玉巧来了没得。他怕去得早了,被旁人撞见了,会被人以为在偷苞谷。

正在迟疑着,苞谷林林里一阵"哗啦啦"响。

安阳以为是风吹的,却不料,响声越来越清晰。他转过脸一看,任玉巧的脸在几株粗壮的苞谷秆旁边露出来,她笑吟吟地轻唤着:

"安阳!"

"你来得这么快?"

安阳惊喜地迎上去。

任玉巧猛地向他扑过来,抱住了他,说:

"我早来了,等了你好一阵。真怕你没听懂我的话,不来。刚才,你挑着箩筐上坡,我在自家苞谷林里,看得一清二楚。走,我们往里头走走。"

安阳随着任玉巧往苞谷林深处走去。

一边走,任玉巧就一边出声地亲着他,嘴里的气也出得粗了:

"安阳,晚夕你想我不?"

哪能不想?

安阳正要说话,脚下被土块绊了一下,险些跌倒。

任玉巧一把拉住了他,提醒说:

"小心。"

安阳家是一块苞谷大土,眼下又正是苞谷成熟季节,一走进深处,满眼是高高的苞谷秆秆、阔长油绿的苞谷叶子,像是另外一个远离尘世的地方。

安阳突地感到,这天地之间,什么都不见了,什么都远离了他们。他的眼前,只有身子温热滚烫的亲爱的任玉巧。

任玉巧把脸庞贴在安阳脸上,热乎乎的。她一边轻柔地摩擦着,一边睁大眼环顾四周,关切地问:

"安阳,你这苞谷土,咋没得栽红苕?"

"没得时间顾。"安阳说,其实他是偷懒。

"我栽得有,下坡时,你到我那里装几颗。"

"多承你。"

安阳不是看重红苕,但他心头真的感动。他捕捉着任玉巧的嘴唇,热烈地吻着她。

任玉巧也使劲回抱着他,两人的身子一失重心,双双跌倒在苞谷地里。

倒在地上,两人不由得都笑了起来。

安阳抚摩着任玉巧饱满的胸部。

任玉巧一面主动解开纽扣,一面局促地说:

"我脱给你……"

八月的秋阳一片明媚。

安阳看见任玉巧一览无余地袒露在他眼前美丽无比的酥胸,只觉得任玉巧雪白的肌肤在他的眼前光芒闪烁。那饱满的小腹部,那丰硕鼓突的乳房,那发亮的红红的乳头,全都在向着他漫溢着成熟女人妙不可言的体香。他的脑壳整个儿热晕了,他利索地扒下了自己的衣裳,挨近了任玉巧,情不自禁把脸埋了下去。

任玉巧双臂一揽,紧紧搂着安阳,嘴里舒心地唤着:

"安阳幺弟,我的亲人,我们能做成一家子吗……我要你来家,我要你……"

风吹着,苞谷叶子晃摇着,"哗哗啦啦"响,"哗哗啦啦"响。

他们只感到那是秋风在轻吟低唱,阔长的绿叶在为他们舞蹈。

直到一声锐利的惊叫响起,他们这才晓得有人来到了身旁。

"妈——"

他们狼狈不堪地支起身子,抬起头来的时候,只看见李昌惠一张扭歪了的哭丧的脸晃了晃,一双黑白分明的眼珠瞪得出奇地大,苞谷叶子一晃,人就消失不见了。

八月真是一个暧昧和出丑的季节。

J

安阳再次来七里冲接任玉巧的时候,没再到李昌惠家去。他让任玉巧到离家不远的公路边加油站,他接上她,开着车就走了。

让他感到意外的是,任玉巧没带着她的外孙女儿。她一进车厢,转着脑壳睁大双眼把车子看了一遍,就用那厚实低柔的嗓门叫着:

"嗬,我真享上福了,坐上这么漂亮的小包车。安阳,这么一辆车,好多钱?"

"二十几万吧。"

"哇,在凉水井要盖两幢小楼了!"

任玉巧一会儿转过身去看后座,一会儿注视着座位前各种仪表,一会儿试着屁股下坐垫的软硬,身子不停地动。车开出好长一截路,她才安静下来。

安阳转了一下脑壳,问:

"你咋没得带娃娃?"

"我跟昌惠说,你是卖茶叶发的财。我想一个人找到你开的茶叶商店去看看,你是用的啥子办法,把乡间坡坡岭岭上到处都有的茶叶卖出了大价钱。"

"昌惠信了?"

"看她脸色,她有些将信将疑。不过她说,去看看也好,这是好事,娃娃她自己想办法。她还说,还说……"

"什么?"

"她还说,我看不明白,可以直接找你问。"

"她也想发。"

"是啰,你看她家两口子,生意从凉水井街上做到了省城,到了最后,也还是一个字。"

"哪一个字?"

"穷呗。"

107

"她不再恨我了？"

"她那么记恨你干啥子？说起来，她还有些悔呢。"

"悔？"

"真的呀。有一回在家里，我那女婿说起，她当年要不反对，不逼着你离开凉水井，我们俩真好成了，一大家子人不都发了？当然，女婿不晓得昌惠当学生时也喜欢你。我看昌惠听了，只是脸红红，尴尬地笑笑，也没发怒，就晓得昌惠成家以后，对男男女女之间的事，这些年想法也变了。"

说着，任玉巧把脸朝安阳转过来。

"当真的，安阳，你得告诉我，你是用的啥子办法？"

安阳笑了，转脸瞅了她一眼，说：

"说来话长。一会儿到了我家，你喝了茶，细细品一品，就明白了。"

"真的？"

"我不哄你。"

任玉巧看着安阳驾车，一脸的崇敬。她忍不住把身子往安阳身旁靠了靠。

安阳侧了一下脑壳，提醒说：

"一会儿就到家了。"

任玉巧又把身子坐端正了。

车子驶进孔雀苑小区，胖子保安笔挺地站着给小车敬礼，任玉巧惊讶地瞪大了两眼。

车子一路驶进去，环形车道，路两边的绿树鲜花，在冬日的阳光下，显得井井有条。白色的雕塑，绕来弯去的溪水，还有小花园里的健身器械，一切都在显示居住在这里的人的品位。

任玉巧看得呆了。

车子在三十八号别墅前停下，跟着安阳一进屋，她那带着浑厚韵调的嗓门就叫了起来：

"安阳，人住在这种房子里，才真是过日子，神仙过的日子。"

掩上了门，安阳的手指一指气派的镀铜旋转楼梯和落地窗外的台阶，问：

"是先喝茶，还是先看一圈？"

任玉巧摇摇脑壳，两眼含情脉脉地瞅着他，悄声问：

"这么大的屋头,有人吗?"

安阳刚一摇头,她就张开双臂,一个猛扑,抱紧了安阳,眼泪涌了上来,哽咽着说:

"安阳亲亲,我啥都不要,不要喝茶,不要看。我晓得这房子里啥都好,我只要你,要你,要你……"

说着,她耸动圆润的肩膀嘶声哭了。

安阳就是听不得她那种充满感情的声气,也跟着动了情。他扳过她的脸,轻轻吻去了她脸上的泪痕,低声说:

"我也想你的,你是我的第一个……"

"讨了婆娘也想吗?"任玉巧不满足地追问。

安阳点头。

任玉巧敏锐地问:

"婆娘对你不好?"

"那也不是。"安阳嗫嚅着说,"她……是……"

聂艳秋对他是好的,婚前婚后,也一心一意顾着这个家。但新婚之夜,安阳察觉她不是处女。安阳没有向她提出责问,事后也从未对她提起过,就好似他不曾察觉一般。但他当时浑身冰凉,失望至极,且始终耿耿于怀。可这一点,他对任何人说不出口,对任玉巧更说不出口。他的第一个女人任玉巧,本身就是婆娘。可聂艳秋是他明媒正娶的妻子,他很在意。也正是因为这一缘由,任红锦带着李昌芸在他婚后不久找到他时,他就借口刚搬进别墅,家中需要人收拾,不顾聂艳秋的白眼,收留了她们。

毕竟,任红锦当年,还是一个处女。

任玉巧把整个身子紧贴着安阳,紧紧地抱着他说:

"安阳,昨天你离去时,装着两千块钱的那只信封,我一晚上都贴在胸口上。"

"你没把钱拿给昌惠?"

"不,我说都没对她说。怪得很,你离去以后,我的心头好像堵着一团火,老在胸口旺旺炽炽烧着,一刻都不得安宁。这些年里,我都以为自己过了四十,不想这种事了。哪晓得,一见了你,一和你相逢,一同你在一起,整个身子就像着了火。你说这是咋个回事？安阳,晚上你在哪间屋睡？"

安阳抬起头,往二楼上瞅了一眼。

任玉巧利索地一逮他的衣袖,抓住扶手就往上头走。推开卧室的门,聂艳秋放得大大的婚纱照,赫然出现在眼前。

照片上的聂艳秋,一眼看着就是个美女。她娇艳华贵,雪白曳地的婚纱,捧在胸前的鲜花,显得光彩夺目、风情万种。任玉巧不由得一愣,随即却又使性子一般,重重地拉了安阳一把,往床上倒去,说:

"管她呢,我才是你的第一个。"

说着,她就帮着脱去安阳的外衣。

当她脱光衣裳赤裸裸地挨近了安阳时,安阳惊奇地发现,六七年了,自己对任玉巧的身子,对她温润的体态,竟然没一点儿陌生感,相反还觉得无限亲切和诱人。他亲吻着她,抚摸着她,很快唤起了旺盛的情欲。他心中暗自愕然,这些年里,忙于生意,身边又有了聂艳秋,情欲已比前些年减弱多了,咋个刚同并不美丽妖艳、更不年轻的任玉巧在一起,他的欲望会升起得这么快、来得这么强烈呢？细想想,她也有四十出头了呀！她的身上还有啥子在吸引自己呢？

难道真的因为她是他人生中的第一个？

任玉巧的身体热得发烫,浑身都像充了气一般充满了弹性。那不是少女敏捷矫健的弹性,而是中年女人的富于情韵的弹性。

她张开双臂搂着安阳,急促而又带点慌张地喘息着说:"安阳,我又这样抱着你了,我又能给你了。我愿给你,我只愿给你一个……"

安阳被她的情态和语气感动,他不由得问:

"昌惠出了嫁,昌华成了家,你也有了自由身,为啥不嫁个汉子？乡间没人追你？"

"有的,现在乡下也开放多了。"

"那你……"

"我身边有昌华,要帮他带娃娃,又要忙于屋头家务、管田头土头庄稼,最主要的是,我心头有你。安阳,真的,不是讨你欢心,我真的时常想你,想得好苦好苦。不过我也总想,过了这么多年,发了财的你,身旁早有城市女人了,只怕还不止一个。你说,有没得？"

"就是聂艳秋。"

"我都听说了,说这女人精明能干,是你的好帮手,好些生意上的主意,都是她出的。我就死了心。李克明死后,才过头七,任红锦就悄悄对我说要进省城去找你,找昌芸真正的爹。你晓得,我心头咋个想?"

"你是怎么想的?"

"我这心头……嗨,好眼红、妒忌她呀!"

任玉巧眼角溢出了一颗颗豆大的泪珠。她用手背抹拭了两下,舔了舔舌头,接着道:

"你说我眼红她啥子?"

"猜不着。"

"我想,哪怕你成了家,任红锦找到你,你是会认昌芸这个女儿的。你的心好,我晓得。只要你愿认女儿,任红锦就得了,她跟着留下来,哪怕给你家当保姆,也是值的呀。唉,我真、真恨不得代替她……好了,好了,现在我又得着你了,又像在凉水井寨子一样亲亲热热地躺在床上了。安阳,安阳!我……"

被她热辣辣地一喊,安阳情不自禁侧转半边身子,久久地吻着她。

她张大嘴接纳着他,把舌头主动送进他的嘴里,身体一阵阵起伏波动,胸脯隆得老高老高。

安阳伸出双手,像当年一般热烈地抚摩着她。她的乳房似乎比当年还要丰满,显出一点肥厚,摸着十分舒服。别说任红锦没有她这样诱人的乳房,就是外表十分讲究性感的聂艳秋,也没这么饱满的乳房。

况且她仍然十分敏感,他稍一动情地抚慰着她,她的脸就昂起来,来回不住地晃动,眼光陶醉地凝视着他,轻轻欢畅地"哼哼"起来,嘴里断断续续地呼喊着:

"安阳,安阳……我的亲亲,我是你的,是,我、我要……嗯……"

当安阳按捺不住地进入她的体内时,她舒展开四肢,满脸泛着兴奋的光泽,全身激动得颤抖起来,把一张宽大的席梦思床也带得剧烈晃动起来。

她张开嘴一阵一阵喘息着,终于"嗷、嗷、嗷"地尖叫几声,闭上眼睛,脑壳晃到一边,昏厥一般缩起了身子。

安阳不晓得她是怎么了,刚支起身子瞅她一眼,她又出其不意地一把抱住了

安阳,泪如雨下地吼着:

"安阳,这么多年,我又得着你了,我身上的火又为你烧起来了。"

安阳这下明白了,为什么他在美貌的妻子聂艳秋身上得不到满足,为啥子他在给他生下女儿的任红锦身上也没有感到淋漓尽致的幸福感,不仅仅因为任玉巧曾是他的第一个,还因为任玉巧和他在一起时,把自己的灵魂和身心一齐奉献给了他。

他们之间是水乳交融的,是不求回报的、超越了年龄界限的。而当年的任红锦,是一心要怀个娃娃遮丑;今天活跃在生意场上的聂艳秋,更是充满了算计的,算计着她的付出,算计着回报,算计着她该赚的钱。

其实,在凉水井寨子上时,安阳就察觉到了任玉巧对他野火般狂热燃烧的深情,可惜的是,他和任玉巧的关系让李昌惠撞见以后,被这又羞,又恼,又妒忌的姑娘活活给拆散了。

十

不等所有的庄稼收拢屋头,安阳在凉水井寨子就待不下去了。

那天,被李昌惠撞见了他和任玉巧在苞谷地里的情事以后,心慌不安的任玉巧匆匆忙忙先回凉水井寨子去了。她说她要去找女儿,给昌惠道真情。她说她怕这娃儿张嘴在寨子上不懂事地胡言乱语,吵得满寨子都晓得。

看着任玉巧的身影出了苞谷地,看着被他们激情狂放时压得东倒西歪的苞谷秆,安阳双手抱着脑壳,在苞谷地里坐了好久好久。

直到峡口那儿吹来的风有了点点凉意,直到太阳落坡了,他才勉强扳了些嫩苞谷,喝醉了酒一般,摇摇晃晃地回到凉水井寨子上。

一走上熟悉的青冈石阶寨路,安阳就听见任玉巧一声长一声短的不安的呼喊:

"昌惠,昌惠啊,你在哪里?该回家吃晚饭了。我和昌华在等你,等你回家吃饭——"

安阳心头不觉一惊。这么说,早早下坡回寨子的任玉巧,一直没有见到李昌惠。这姑娘会到哪里去呢？她别一时想不通，做出啥子骇人的事情来。听任玉巧呼叫的声气，她已经找了李昌惠好长时间了。

安阳忐忑不安地回进了自家院坝，走上台阶，推开堂屋门，刚把两半箩筐嫩苞谷倒在地上，直起腰来，一个身影在他跟前一闪，没等他问，"啪啪"两个耳光，清脆响亮地打在他的脸上。

安阳被打得晕头转向，定睛一看，不是别人，正是任玉巧焦急地在四处寻找的李昌惠。安阳顾不得脸庞上火辣辣的疼痛，压低了嗓门叫着：

"昌惠，你在这里……"

李昌惠又一次抡起了巴掌，但她没打过来，她只是向着安阳直指过来。

"你、你不是人，你是野牛、烂马、狗畜生！"

"昌惠，你听我说……"

"我不要听你讲。你给我听着，你得给我滚，滚出凉水井。我不要在凉水井看到你，我一天也不要见着你。"

李昌惠噙着两眼泪水，咬着牙，嘶声绝情地吼着：

"你敢不滚，我就把你的丑事，告给李家老祖辈，告给所有的老辈子，让你挨千刀万剐，泼你一身粪污，要你活不出来，一辈子都背着黑锅……"

说着，她一个转身，甩着双手往屋外跑去。

"昌惠，"安阳叫她一声，一个箭步堵在她面前，双臂一把揽住她，"我和你妈……"

被他一抱，李昌惠的身子突然软了下来。她的脑壳一歪，倒在安阳怀里，泪水糊了一脸，呜咽地哭了起来：

"你不要脸，不是人……"

"可我和你妈，是真心相好……"安阳用申辩的语气说。李昌惠趁着他松开双手时，把他狠狠地朝地上一推。

"亏你说得出口，你要赖在凉水井，就等着李家老辈子来捆你。"

说完，堂屋门被她甩得"砰"的一声响，脚步声慌乱地远去了。

当晚，眼泡红肿的任玉巧敲响门找到安阳家来，不肯入座，只是唉声叹气地求着安阳：

"安阳，委屈你……就离开凉水井吧……"

"可我屋头……"连任玉巧都要他走,这是安阳想不到的,他急着分辩,"债务没得还,庄稼、牛马鸡鸭,还有这房子……"

任玉巧的手一抬说:

"你管自走,屋头的一切,都由我替你管,替你经佑着,得了钱,先替你还清债务。我,你还信不着吗?"

"信得着,可这太匆忙了呀。我总得准备准备,清理清理。就是出一趟差,也得收拾一下吧。"

"说得是啊。可昌惠说了,你明早晨要不走,她就去告。我咋个跟她说,她也不依。我就只好、只好……嗨,难啊。安阳,你、你就依了她吧。"

任玉巧一双浸泡在泪水里的眼睛,抬起来,颇有深意地瞅了安阳一眼。

安阳不由得扶着任玉巧的肩膀,颤声唤着:

"玉巧。"

"嗯。"

安阳抬起她的下巴。任玉巧把脸仰起来,垂下的眼帘蝉翼般颤动着,两行泪水溢出眼眶,不由自主滚落下来。

安阳正要去吻她,门板上"哐啷"一声响,任玉巧浑身打了一个冷战,随即把安阳轻轻一推,说:

"昌惠是跟着来的。"

安阳转身望去,夜的薄暗中,李昌惠的身影冷冷地靠在门板上,尖声拉气地喊着:

"妈,他不走,我就不客气,我们走。"

任玉巧睁大双眼,定定地依依不舍地望了安阳一眼,转过身子,跟着李昌惠走出屋去。

"慢。"安阳叫了一声。

任玉巧站停下来。

李昌惠不悦地站在台阶上说:

"还啰唆个啥?"

安阳摸出钥匙,递给任玉巧说:

"这是房门钥匙。"

任玉巧伸手接过来,两只手碰在一起时,安阳一把抓住了任玉巧厚实粗糙的手。

　　任玉巧的手在安阳的手上停留了片刻,抽出来,转身离去。安阳泥塑木雕般站着,脑壳里头是一片空白。

　　院坝里,传来李昌惠又一声不耐烦的催促:

　　"走啊。"

　　第二天早晨,安阳打开卧房的后门。

　　秋日清新的空气中,后门口放着一只大大的竹篾背篓,装满了一只只匀称的纸包。

　　安阳打开一只报纸包的纸包,看见那是散发着清香的茶叶。

　　背篓装得满满的,却并不重。

　　他明白,这是任玉巧连夜给他备的。

　　他心中明白她的好意,他没啥子钱,出门在外,只得靠卖掉茶叶换一点钱。

　　安阳就是背着这一满篓报纸包的茶叶,离开了凉水井寨子,走进了省城。

K

直到今天,安阳也不曾跟任玉巧说,他就是靠着这一背篼茶叶发家的。

说起来简直就是传奇,当代传奇。

安阳来到省城里,找到当年的同学陈一波,想找一点活路干。

正在开饭店管客房的陈一波念旧,他让安阳替他管厨房,说没多少事,就是管管菜市场每天送来的水产、肉类、家禽、蔬菜的数量,过个秤,记个数,管吃、管住,一个月还有几百块工钱。

比在凉水井寨子,那是好得多了。

安阳心中感激陈一波,想给他送点凉水井的茶叶。不晓得这茶叶是任玉巧送的呢,还是山乡里不受污染的茶叶真好,反正安阳偶一冲泡来喝,就会想起任玉巧身上的气息,就会觉得这茶叶格外香醇有滋味,喝了还想喝。

但是他不敢给陈一波送。

他去过陈一波的总经理办公室,看见玻璃柜子里放的茶叶盒盒和罐罐,全标的是高档茶、顶级茶。他这用旧报纸包的茶叶,咋个送得出手?不要让人取笑了。

安阳只得自己享用这些茶。

怕时间长了茶叶受潮,安阳就在饭店里搜来些用空的瓶瓶、盒盒和罐罐,把茶叶改装在这些东西里。这一改装,他就发现,在一大背篼茶叶纸包里,任玉巧还混装着两包锦菜。时间一长,新鲜的锦菜早都枯干蔫巴,收缩在一堆,不能吃了。安阳心头感激任玉巧想得细,但也只能把锦菜扔了。

这天,餐厅里连声喊,客人对免费供应的粗茶叶和袋泡茶不满意,要喝付费的好茶,餐厅没准备,急得一向能干的餐厅经理聂艳秋团团转。

安阳听说了,就拿出一盒茶叶,交给聂艳秋,说这是乡下的土茶,先应付一下吧。

没想到,结账以后,聂艳秋拿着喝剩下的茶叶,给安阳送来二百元钱,说,那两桌客人喝了茶个个叫好,叫这茶有奇香。有人还刨根究底地问,这是什么茶,哪里产的。

聂艳秋老实不客气,当场每杯茶收了人家十块钱。客人付了钱,还喊便宜。聂艳秋特地对安阳申明,以往饭店的茶都是免费的,这茶钱没有入账处,该归安阳。

安阳不愿收,聂艳秋硬塞给他,说不收她就只有自己拿了。

他救了饭店的急,该收下。

安阳收下钱,聂艳秋却坐下不走了。

她说,听到客人们异口同声地叫茶好喝,不像是喝醉了乱叫。于是她也泡了一杯试试。只放了一点点茶叶,那味道真香啊!早知这么香,她就对客人喊二十块钱一杯了。

这到底是啥子茶?

安阳告诉她,这是他家乡凉水井的茶,多得很,年年春天,遍坡遍岭随便采。赶场天也能买得到,不贵。

真是豆腐卖出肉价钱。一杯茶竟卖出二十块,在凉水井街上,二十块差不多能买到一斤茶叶了。

这是安阳进省城以后,头一次感到茶叶价格的悬殊,也是第一次和聂艳秋打交道。

来年春末,聂艳秋又特意来找安阳了。

她说,趁休息天,她专程去了一趟凉水井周围的乡间,连着赶了几次场,那些墟场上的茶叶确实很多,也很便宜,她也分别买了一些新茶。能找到的茶叶品种她都买了,可是一一试着泡来喝,虽然有着新茶的清香,可就是没有安阳去年那种茶叶喝着那么舒服,那么美。

她问安阳,这是啥子原因。

安阳答不上来。

他望着高挑美丽、一脸精明的聂艳秋,心中暗自忖度着,好家伙,瞧这姑娘,真是能干,会抓生意。神不知鬼不觉地,她就去凉水井团转跑了一趟。这才是真正的生意人呢。

听聂艳秋连声追问,安阳拿出一点陈茶,和聂艳秋买回的新茶,当场分别泡了两杯,一喝,嗨,就是不一样。

聂艳秋说:"生意场上的人都讲,新茶当年是个宝,隔年就是一包草。你尝尝,我这刚买不久的新茶,就是不如你的陈茶。你这到底是啥子茶?"

瞪着困惑不解的聂艳秋,安阳也愣怔着答不出个所以然来。

聂艳秋却认为他是故意卖关子,就直通通地朝着他喊:

"安阳,你不要瞒着了,你晓得不?只要能采购到这种茶,你就能发,就能把生意做得比陈一波还大。"

"让我想想,你让我想想。"安阳只能这么答复她。

安阳苦思冥想,想到夜半三更,想得脑壳都痛了,也没想出个所以然来。

第二天清早,一觉睡醒过来,睁开眼睛的那一瞬间,他陡地想起了夹在茶叶包包中的锦菜,想起了他在任玉巧家中第一次吃到锦菜时奇鲜无比的美味,想起了亲吻经常吃锦菜的任玉巧时,她脸上她嘴里她体态上那股迷人的滋味。

而茶叶这东西,是最易串味、最易吸收其他味道的。

安阳多了一个心眼,他也抽空去了一趟乡间,不是回到凉水井寨子,不是去买茶叶,而是跑去了任玉巧和任红锦当姑娘时的娘家猫猫冲。

他记得,任玉巧给他说过,锦菜的种子,是她猫猫冲娘家人送的。

他在十分偏远、几近蛮荒的乡间猫猫冲买到了锦菜。他也顺便买了点新茶,把新茶和锦菜分别用纸包好,混放在一起。

几天以后,他让聂艳秋来尝他买回的家乡的新茶。

只喝了一口,聂艳秋就尖声拉气、眉飞色舞地嚷嚷起来:"就是它,就是这种茶!你在哪里买到的?太好了,太好了呀!"

聂艳秋悍然不顾地捧着安阳的脸,出其不意地在安阳的左右脸颊上"叭叭"吻了两下,对被惊得目瞪口呆的安阳说:

"你晓得吗?江浙一带奸猾的茶叶商人,跑进偏僻的山乡,收购下初春刚露头的嫩茶,就在当地雇人加工,往茶叶里掺香精,吹那种绿色素,而后用十多倍的价格卖到沿海那边的大城市去,都发了大财!"

"真的吗?"

"我蒙你干啥?你想一下,安阳,他们卖的是假茶叶,而你,你这是真正的好茶。你细想想,安阳,你该不该发?哦,是命运把你送到我跟前来的。安阳,我们联手干,你愿不愿?"

安阳就是这么和聂艳秋一同发起来的,靠的是偏僻山乡和现代化都市里价格悬殊的茶叶,靠的是这种茶独一无二的美妙奇香。

但安阳始终没向聂艳秋透露,这茶是如何炒制的,或是焙制的,他只是告诉聂艳秋,这是偏僻荒远的猫猫冲深山里出的一种植物,炒茶叶时只消放一丁点儿就成了。

聂艳秋相信他的话,所有的人也都认为这茶是有秘方的。

在省城里和任玉巧重逢以后,安阳很想告诉她发家的真相,但几次话到嘴边,他还是忍住了。

安阳满以为任玉巧喝到茶,会想起猫猫冲锦菜的滋味,可任玉巧啥都记不得了。

她也诧异地扬起了两条细眉问:

"你是在哪里采买到这种茶的,安阳?好香啊,真香!"

安阳不答言,只是对她笑。

他对她说,如果她在省城里住厌了,也可以回到凉水井寨子去,把房子修得好一点。年年春天,他也会去的,去收新茶,他会陪同她住一些日子。她要同李昌惠住在一起,也可以,他会帮补她的生活,不会让她再受年轻时的苦。

任玉巧听得两眼糊满泪,只说:"你在哪里,我也在哪里,我只随你。"

安阳晓得,她说的是实情。可他无法娶她,他有自己的妻子、自己的家、自己的生意。

出差在沿海一带的聂艳秋来电话了。

她说,她这几天又到杭州了,杭州就是在冬天里都是美的,安阳以后也该来玩玩。她已订好机票,准备回省城来过节。过完元旦,过春节,节后就该到生意上的忙季了。她要好好地策划几次活动,卖出更多的大受欢迎的茶叶,没受到污染的茶叶,这种茶叶现在最受市场追捧。她要安阳好好准备,准备比往年还要多的新茶。

说到最后,仿佛是不经意地对安阳说,她怀有身孕了,就是前几天在上海检查身体时搞明白的,看样子就是临别那一天晚上怀上的,快足月了,就是、就是未

119

来的孩子,不知是男是女。

话语间,一向精明能干的聂艳秋充满了温情,充满了对未来娃娃的憧憬。

夜里,安阳失眠了。

是的,他是幸运的。和凉水井乡间的伙伴们相比,甚至于和他中学时代的同学相比,他都是幸运的。他由偏远的山乡走出来,依靠茶叶发了财,娶了聂艳秋这么一位漂亮能干的妻子,现在她又为他怀上了娃娃,可以想象,他们以后的日子会过得十分安逸幸福。只是因为新婚之夜察觉艳秋不是处女,安阳的心头蒙着一层淡淡的阴影。

是啊,任红锦是处女,可他和她睡在一起时,她是李克明的婆娘,纯粹只因为她想要个娃娃,他们才会发生肌肤之亲。任红锦是为他生下了一个女儿,他也愿认这个女儿,可她们不幸地死了。除了任玉巧,他连一个说处都没有。任玉巧和他倾心相爱,爱得深沉,爱得热烈。但他们不能成为夫妻,甚至他连自己发家的真相也不能如实地告诉她。

有时候,安阳会突发奇想,这三个出现在他生命中的女子,无论是哪一个,和他的命运发生关系,他都会和她平平静静地相知、相恋、相爱,过太太平平的人世间的日子。比如任红锦,如果她当年从猫猫冲嫁过来,不是嫁的李克明,而是嫁给了安阳,他们的日子会是咋个样?他仍会和任红锦生下李昌芸这样的女儿,只是再不会有任玉巧和他的故事,更不会有他和聂艳秋的故事,那他也就不可能发家了。

正因为安阳穷,正因为安阳和任玉巧的女儿有了朦朦胧胧的恋情,才会引发以后的一切。

当然,这一切不是圆满的、完美的,但却在他的人生中一一发生了。

这是他的人生,他的命运。

由此,安阳陡地想起了在书上读到的两句古言:

万事最难称意,一生怎奈多情。

这十二个字,简直就是他感情经历的生动写照。

安阳忖度着,要把这两句话,十二个字,请省城里一位泰斗级的书法家写下来,悬挂在他居住的三十八号别墅的客厅里。

听说那老书法家的字要价很高，一幅字少了一万元不写。但安阳已经拿定了主意，就是再贵，也要请他写。

这天黄昏，安阳谙好了时间去机场接妻子。

车子开到孔雀苑别墅小区大门口，胖子保安挥手示意安阳停车。

安阳看得出胖子有话要说，就把车子停在路边，随着胖子走向一条小径。

胖子保安回头望着他，小声说：

"你知道吗？曾经怀疑，煤气毒死的母女俩，和你妻子有关联，我也是今天才听说的。"

"这怎么可能呢？"

安阳心里一惊，只是表面上不动声色。在他的心底深处，也曾有过疑惑，可他没处可说。

"有人分析，烟道里的草团，鸟可以衔进去，人也可以塞进去啊。"

"噢？"

"后来，经鸟类专家鉴定，这确是一只鸟巢，是飞鸟把草束一根根衔进去的，这才真相大白，哈哈。"

"那么说，这事总算画上句号了。"

"画上句号了。"胖子保安的皮鞋踏得卵石路"橐橐"发响，"都查清楚了，和你老婆无关。她们母女死的那天，你老婆早在杭州了。安老板，恭喜你啊！"

"谢谢。"

安阳的手摸进衣兜，衣袋里有一包还没开拆的烟，是熊猫牌的。他把烟拿出来，递到胖子手里，转身走向自己的小车。

胖子在他身后感激地喊：

"安老板，多谢你。"

谢啥子？我哪里是什么老板，我还是一个山乡缠溪人，缠溪的源头在凉水井寨子。

把车子开出小区大门时，安阳忖度着。

2005年5月2日草稿

2005年6月5日改订

情何以堪

省电台在播送一条简短的百字新闻:整个黔南都在下雪,省城通往黔南各县的长途客车,由于冰雪覆盖了公路,统统停开。已经买了车票的同志,请凭车票办理退票手续。道路何时畅通,请等候通知……

我被困在雁河场区政府的招待所里,整天守着炭盆烤火,无聊极了。床上的被子脏而潮,那条枕巾简直同抹桌布一样。想找服务员来换吧,连个人影子都找不到。幸好区政府有个食堂,每天我还能搭伙吃上三顿饭,可吃过饭我就无事可做了。下乡来的时候,为图轻便,我没带大衣,脚上只有这双半新的牛皮鞋,出去打个转转,恐怕半天也不成。

我只好缩在屋里,守着炭盆。提包里没揣稿纸,无法趁这空闲写点东西。总算还带了个采访本,不时地可把纷乱的思绪写下来,聊以自慰。

可这毕竟不是消磨时间的办法啊。我真盼有个人来聊聊,没人来,哪怕找得到一本书也好,厚厚的长篇小说,倒是可以消磨个两天两夜。吃饭的时候,我打听了一下,这个曾被评为文明乡镇的区政府所在地,没有新华书店,连个图书销售点也没有。

白天还容易打发些,到了晚上,那可真是活受罪。招待所楼上楼下的灯全关了,整幢楼房幽静得令人可怖。想早点睡嘛,一见那肮脏的、潮得发腻的被窝,我就厌恶得想呕吐。而那电灯泡,虽是二十五支光的,可它发出的光,至多只有五支光,浑浊晦暗。

这已经是第二个难熬的夜晚了,大雪还在密匝匝地往下飘洒,一点也没停的意思。雪花扑满了窗户的玻璃,结成了白茫茫的冰凌。

表上的指针仅是八点十分,我的感觉却像是深更半夜一般。我已经不止一次地懊悔这回下乡了,为啥偏偏选在这大雪封山的几天里下来呢?早几天晚几天一点都不会碍事。可我……况且,说老实话,这次下来,我并没啥实在的收获,一看我的身份,区、县政府的秘书就给我介绍起情况来。这些秘书似乎什么都知道,什么问题都能够回答,等我回过头来静心一寻思,却找不到任何打动我心灵的东西。我怀疑这样的走马观花,究竟对自己的创作有点什么益处。

是我的耳朵过于敏感了吗?我听到招待所楼梯上响起了脚步声,而且这脚步声沿着走廊,响到我的门前来了。

"笃笃笃!"门上有礼貌地叩击了三下。

我兴奋起来,总算有个伴了:"请进!"

门被推开了,随着一股寒意扑进屋来,我看到一个年龄与自己相仿的男子,一步跨了进来。

他头上戴一顶海虎绒的帽子,帽耳放下来遮盖着耳朵,身上穿一件雪花呢大衣,神态举止和衣着,一点也不像个乡政府的干部。我看他除下帽子拍打着帽顶、双肩的雪花时,感到他十足像城里人。

那么说,他也和我一样,是被大雪困在这里的,来住宿。也不对,他连个随身携带的小包都没有啊。

这会是个什么人呢?

他带着歉意朝我笑笑,把脱下的雪花呢大衣和海虎绒帽子随手往床上一扔,向我伸出手来:"我叫池冶民。同你过去一样,也是知青,上海知青。"

"那太好了,"我跟着报出自己的姓名,"我叫……"

他朝我一摆手:"别报了,我知道。听说你住在这儿,我特意来拜访你。"

"这么说,你是在这儿工作?"

"也可以这么说吧。"他微微一笑,清秀端正的脸上呈现一股令人捉摸不透的神情。

他显得比我年轻,长得很俊,身材匀称,面貌生动而又有股诱惑力。在典雅温和的风度与文质彬彬的气质里,蕴含着男子汉的旺盛精力和勃勃生气。

"你怎么……"我不无困惑地说,"怎么还会在雁河场这样的区政府所在地呢?我认识的知识青年不算少了,最差的也都在县城里混点事……"

"是这样,是这样的。"池冶民朝我神秘地笑笑,顺手从哔叽上衣袋里摸出一包"花溪"高级香烟,抽出一支递过来。我摆摆手谢绝了。他把烟叼在嘴上,点燃了,随即眯缝起一对深邃锐利的眼睛,似在考虑怎样提起话头。

这人找上门来,是想干啥呢?近几年来,经常有些当年的知识青年找我,要我替他们正在打的官司撑腰,或是申诉啥冤情,或是希望我帮他们在什么人面前说说话,写个条子,解决夫妇之间的分居问题。他呢,以他的衣着和神态举止来看,他不像是来提这种要求的人。

"你从山寨抽上来,就在雁河场上工作吗?"我拨弄了一下炭火问。

"哦不,和好些上海知青一样,我先被推荐到地区农校去读书,读了两年书,分在州林业局工作,又清闲又乏味,倒也好混日子。你别插嘴,"看我露出诧异的神色,他夹着烟的手朝我摆了摆,说,"我知道你要问,那么现在我怎么会在这儿呢?说实话吧,今天来找你,就是想同你讲讲我的经历,讲讲我的命运,讲讲我感情上所经受的一切……我只是怕你没有这个兴致,没有耐心听完一个陌生人的故事,我很犹豫。"

"我非常愿意听你讲,讲多久都可以。"不知为啥,他的谈话像有股磁性般吸引着我,我很想听他讲下去。

他对我露出感激的一笑,接着便讲开了:"我刚才说到,从农校毕业以后,我分在州林业局混日子。你是知道的,地区农校的毕业生,工资少得可怜,我每年还要回家探亲一次,几乎没啥钱存下来。小小的一个办事员,穷得叮当响,要想找个理想的对象,比登天还难。我这么说,绝不是讲没人替我介绍对象,这样的热心人哪儿都多得数不胜数,可我始终没挑中一个……这里的原因是很多的,一时难得讲清。但是得坦率地说,我得负很大责任。"

这些话我信,像他这样漂亮英俊的小伙子,是不愁没姑娘看上他的。

"总而言之,工作几年了,我还是光棍一个,住单身宿舍。白天上班,时间还好混。到了晚上就发愁了。举个例子说,就和你现在被困在招待所里的滋味儿差不多。你还有个盼头,盼着雪停,盼着公路畅通,我呢,简直愁得无法发泄。我变了,变得闷闷不乐,忧郁寡欢,变得有些孤僻,天天晚上躲在宿舍里不想见人。那天夜里,天在下雨,单身宿舍里的人全去看演出了,省城里来了个歌舞小分队表演啥迪斯科,还有服装模特儿。我抓到本杰克·伦敦的《海狼》,看得津津有味,没去剧场凑热闹。这时候有人在敲门,我恼火地站起来去开门,正想呵斥这个冒失鬼几句,可我一把门打开,就惊愕得说不出一句话来。一个浑身淋得透湿的女人站在我的门口,走廊里的路灯和我屋里的灯光从两个角度打在她哆哆嗦嗦的身上,晶亮晶亮的雨水从她身上朝下直淌,门口的水泥地上,已淌了两小摊水渍。这些都没啥,最最要命的,是这个浑身湿透打着寒战的女人同我认识。岂止同我认识呵,可以说,她就是我这些年来始终思念、始终怀着歉疚和追悔思念着的心上人。她拒绝了我请她进屋擦洗一下的提议,只简短地要求我随她到这儿,也就是到雁河场街上来一次。我莫名其妙,问她为什么要到雁河场街上来,她不是在我原先插队的于家寨上生活吗,怎么跑到州府来的,到底有什么事。她没有回答我语无伦次提出的一个个问题,她只是仰起一张微显憔悴的脸,大睁着一对泪汪汪的眼睛,嘶声哀求着说:'求你,只求你去一趟。到了雁河场,你啥都会明白,现在莫问,莫问,我求你了……'

"从州府到雁河场有一天的路程,一来一回两天时间,在雁河场待上一天,合计三天。三天的假期我是有的。我答应了她。

"见我答应了,她的眼里放出光来,抖抖索索地,从贴身的衣兜里掏出一张微湿的客车票,塞进我的手心里。那长途客车票上,还有着她体温的温热。没等我回过神来,她顺着走廊急急地一阵小跑,跑进室外的风雨之中。"

池冶民的开场白,一下子把我深深地吸引住了。这个雨夜来找他的女子是谁?她求他到雁河场来干什么?这和他现在生活在雁河场有啥关系?

一连串的问题浮上我的脑际。我耐心等待着。我知道,这一系列的谜,随着他带着深沉的感情娓娓道来,都会自然解开的。哦,我听到了一个多么不同寻常的故事啊!池冶民讲起了他和那个女人的关系,讲起了插队落户生涯里的好些往事,讲起了他跋涉在泥泞里的那条生活之路。

他是从与那个女人的相识讲起的:

第一次注意她,是在对工分的时候。那天逢雨,生产队里破天荒地在大白天开会,宣布大、小队干部开了好几个晚上的会后决定的"土政策",诸如离寨走娘家要经批准、鸡鸭下田要罚款扣工分之类,多条禁令连宣布带解释,会竟从早上一直开到晌午时分。散会了,我这个记工员大喊了一声:"我手头的工分都算清了,要查对的,赶紧来核实。要不,我就照账面工分报会计了。"

本来因散会齐向祠堂门口挤去的寨邻们,纷纷转身向我围拢过来。特别是一帮不识字的妇女,震破喉咙般朝着我问:"我合共有多少分?"

"我家的呢?"

"有多少劳动日啊?"……

吵吵嚷嚷的,我简直无法应付,只好高高地擎起工分本,照着顺序,挨家挨户地念一道。这一招倒还奏效,口干舌燥念完之后,推推搡搡围着我的人大部分退去了,想必是我的统计和他们自家的合计是对得上榫的。唯有七八个妇女,在众人退去之后,还是围住我追问:"我家的分咋个这么少呢?"

"小池,你把我看水的那几百分算落了!"

……

那年头的工分,就是农民们的口粮和现金,有个几分几厘的差错,也会惹起一场祸事的。

又经过一番逐个核对,围住我的七八个人差不多走完了。

"小池,我想请你核算一下工分哩!"一个低柔怯弱的嗓门在我耳边响起,随即,一张裹起的麻纱帕子抵住了我的额颅。

我仰起脸来,看见了她,离得那么近地看见了她,她脑壳扎一条黑色的麻纱帕子,脸上有着几颗雀斑,脸色苍白而又憔悴,双眼怯懦地瞅着我。

"你的工分?刚才也念了呀。"

"我……我也觉得有几笔账,你没加上去。"

"哪几笔?你有条子吗?"

"有的。在屋头。"

"去拿来吧。"说着我一转脸,脑壳又碰着了她的麻纱帕子,和我说话的当儿,她自始至终俯身垂首瞅着我画满格格的工分簿。

这一转脸,我才看到,祠堂里外只剩下了我和她两个,其他的人,都已走光了,偌大的有些幽暗的祠堂里,满地是磕落的叶子烟头、痰迹、泥巴脚印。而祠堂外头,不知啥时候,雨又下大了,雨点子砸落在祠堂院坝的青冈石上,"嗒啦嗒啦"急骤地汇成股嘈杂的声浪。

"这样吧,有空,我去你那儿对一对工分。"

"要得。"她带点欣慰地直起腰来,说,"这些天,女劳力没活路,你哪时来我都在屋头的。"

我点着头,心头也如释重负。她那颀长高挑的个头,俯身下来时,脑壳上的麻纱帕子,时不时磕碰着我的脑壳,逗得我心头十分不安。那毕竟是个少妇头上扎的纱帕呀,碰着我额头时,我总有股异样的感觉。

"看你呀!"她的一只手落在我的头顶上,撩拨着我满头蓬乱的乌发,"头发那么长了,也不晓得去理一理。"

我惶惑地往祠堂外张望,在山旮旯里,她这举动,太大胆了!让人瞅见了,莫说是她的名誉,就连我的名誉,也将像落进茅厕里一样臭。

幸好祠堂外的院坝里没一个人。微斜的大雨哗啦啦直下，屋檐水织起了一道密密的珠帘，飞溅起来的水沫雨珠把外界的一切都同大祠堂割开了。这时我才看到，大祠堂那两扇又厚实又坚牢的大门呈倒八字半掩着，外面即使有人走过，也是看不见里面动静的。怪不得，她今天的举动这么出格哩。往天价，她有多么拘谨懦弱啊，简直是换了个人。

　　我的脑壳晃了一下，想晃脱她的手，因她居高临下，手臂又长，几乎不费一点力，手掌仍固执地压在我头上。我的心怦怦直跳地说："没工夫去赶场理发。看嘛，这么多工分账要结。"我的巴掌拍拍厚厚的工分簿。

　　"等你来，我替你理。"

　　"你会理发？"这真是新闻。

　　她"咯咯咯"清脆地笑了。我不由得昂首望着她，在我的记忆里，她从未这么快活地笑过。笑的时候，她那两条线条分明的嘴唇扯直了，嘴角微微上翘，露出两排洁白的、齐齐的牙齿。这样的牙齿，在不刷牙的山寨妇女中间，是极少见的。她笑得眼角都闪出了晶莹莹的泪花儿，才勉强抑制住说："我哪里会理发唷……"

　　"那你……"

　　"我是同你逗起玩。憨娃儿。"

　　她的年龄至多同我一般大，这么称呼我，纯粹因为她是个少妇，而我只是个接受再教育的知青。

　　"我会去理发的。"想到我满头乱发的样子一定很狼狈，我不由得说。

　　"那也要等忙完了秋收结算，对啵？"

　　她又笑了，不知为啥笑。平时笼罩在她脸上的那股凄苦、辛酸神情，消失得无影无踪了。此刻，在她那张俏丽的、微显清瘦的脸上，泛着股生气勃勃的、清朗的光。

　　说老实话，同她摆谈，尽管明知她是个少妇，尽管晓得不该随她抚弄自己的乱发，尽管内心时不时涌起一股莫名的恐惧，我还是觉得快活和惊喜。一个完全崭新的感情领域，正在诱使我走进去。和她每说一句话，我都觉得自己有新的发现和新的欣喜。

　　她也不时地朝祠堂那两扇门张望，雨一点也没减弱势头的意思，还在倾倒般下着。这种时候,刚开完会离去的人,哪个会返回来呢?

她的手从我脑壳顶上移开了;我的心却如同摇鼓样骤跳着,越来越慌乱不安。

"雨一时不会停。"她喏嚅般耳语了一声,若有所思地瞅了我一眼。

我张了张嘴,没说出话来。我也站了起来,同她相对站着。她差不多同我一般高,身材抽条条的,一点也不像个生过娃娃的少妇。哦,在于家寨插队好几年了,我怎么会没发现她有这样美丽?

"小池……"我听得出,她这声称呼微颤微颤的,和一般寨上人唤我绝然不同。

我极力镇定着自己:"你……你还有事吗?"

她摇摇头:"你没带斗笠吗?"

"忘带了。"

"用我的吧。"她小跑着走到祠堂台阶上,拿进一只斗笠来,扬起递给我。

"那……那你呢?"

"我有蓑衣。"

"脑壳也要遮雨呀!"

"不关事。一趟就跑回家了。"

"我跑得比你还快!"我把接下的斗笠递还她,"你是妇女。"

她不接斗笠,只是凝定般瞅着我说:"来我家对工分时还我吧。"

说完,不待我回答,她又急遽地跑出祠堂,在台阶上一面披上蓑衣,一面跑下台阶,身子一摇一摇,跑出了朝门。

滂沱大雨下得更欢了。这是入秋后的第一场大雨。天老爷仿佛把一整个干旱的夏天积蓄起来的雨水,全倾泻到人间来了。

喧哗嘈杂的雨声和流水声,对我来说简直听而不闻。

我打量着空荡荡的、满地肮脏的大祠堂,颓然跌坐回板凳上,翻开了厚厚的工分簿。

工分簿上,她家那一页,写着户主的名字:于习书。至于她,我照山寨的习惯,写着于氏。她姓啥名啥,我插队好几年了,也没弄明白。一来这是寨上的规矩,人家说起婆娘来,总是称呼习书家的、于老三家的。二来我是男劳力,平时从不和女劳力在一道干活。去年接手当记工员时,贪图方便,沿袭了上一任记工员传下的办法。只有到了此时此刻,我才感到这一做法有多么荒唐。在我同她之间,已经发生了一些重大的、撞击心灵的感情波澜,而我却还不晓得她姓啥。

刚到于家寨插队那年的有天黄昏,我们猛听到一阵嘶声拉气的咒骂,由远而近地传来。到于家寨有几个月了,对农民们追打娃崽的闹剧,我们这帮远方知青已见惯,所以谁也没走出知青点去看稀奇。

但仅仅只过了那么几十秒钟,我们又听到了声声凄厉的哭泣,这样的哭声绝对不会是娃崽的。整个集体户的男女知青们不约而同地拥了出去,只见寨路上一帮娃崽在飞跑着,娃崽们前头,有个披头散发的妇女跌跌撞撞地逃着,一边逃一边撩着自己被撕烂的衣襟,遮护着裸露的胸部。她跑近了,我们看清她的额头上淌着血,嘴里发出阵阵哀叫。在她身后,一个五短身材的老婆娘,手里抓着根同她的身躯很不相称的粗长棒棒,嘴里一迭声咒骂着,肥胖的身子摇摇晃晃追过来。

奇怪的是那年轻少妇一见我们拥出了集体户茅屋,愣怔了那么片刻,竟朝着我们跑来,跑近我们身前时,她未经我们同意,就一头逃进了女生寝室。

从众人七嘴八舌的议论中,我听明白了。这是于老三于习书的老娘,在追打自家的儿媳妇。这年轻貌美的儿媳妇,刚过门头一年,还是很讨于家老人喜欢的,自从第二年她生下一个瞎了一只眼睛的女娃儿之后,婆媳矛盾随之激化起来了。当婆婆的,三天两头都要找着理由咒骂儿媳妇,骂骂不解气,又发展到提棍拿棒地打。也是于家寨千百年来传下的规矩,满寨的乡亲,对这类老辈子教育小辈子的事情,是无人过问的。于是乎,挨打的就只好撒开双脚满寨地逃避,免受皮肉之苦。

于习书的老娘"辣萝卜"(原谅我至今都不晓得她的名字),见儿媳妇逃进了知青点集体户,不敢贸然造次冲进去追打。她大概也晓得我们这帮上海知青不好惹,只得站在离知青点不远不近的地方,拉开破锣样的嗓门,唾沫飞溅地骂起来:"烂婊子,老娘看你躲,躲得过今天还有明天,喊你替老娘把一盆衣裳洗了,你把老娘的话当过耳风。破屁股、黑心烂肠的肚皮才屙下个瞎娃娃……"

那些语言的恶毒污秽,都可以编进骂人辞典。我们这拨知青,当下分为两堆,一堆站在大门外,嘻哈打闹地欣赏"辣萝卜"的污言秽语,顺便守住大门,不让她骂到火头上冲进来；另一堆退进屋去，商量如何平息战火。尤其是几个女知青，对挨打的儿媳妇深表同情，都愿救她过这一难关，只是苦于没办法。我当时出了个主意，那"辣萝卜"不是非常喜欢我们从上海带来的瓢儿菜籽吗？拿上一包，让几个女知青做使节，呈上菜籽的同时，劝其退兵。

想不到这一招收到了立竿见影的效果，我为此整整得意了两三天。

要说同她的交往，我插队几年来，就这么一次，而且还是间接的。但关于于习书的事，我倒是还听到过一些，同原先当保管员的于习书，也直接打过交道。

在乡间，于习书算得上一个地地道道的壮汉，人长得高大粗莽不算，还有股野劲，酒可以喝几大碗，挑起二百斤的担子，简直不当一回事。他爱笑，还爱赌，我们几个知青跑去赌场上看赌的时候，总见他在场。他的手气好，差不多回回都是赢家。一年四季，他都留一撮黑浓黑浓的小胡子，模样儿很像是电影上的鬼子军官。可能是当着现金保管员吧，在于家寨上他有着相当的地位和权威。听说生产队革委会研究事情的时候，好些事情队长还得听他的。对寨上的乡亲，他倒还顾些面子。哪家急需用钱了，写个借条递给他，他是经常给予满足的，并不以权刁难人。唯独对自家的婆娘，他一点也不客气，开口说话就虎着一张脸，要不干脆连骂带吼地吆喝，就像是使唤牲口："屋头那盆衣裳，你还不端出去洗啊，搿在那里是不是捂蛆？"

"狗日的，老子累得汗爬水流，你倒在这里跟人说笑，还不快滚回家煮饭去！"

逢到这种场合，挨骂的婆娘往往是忍气吞声，垂着脑壳，一溜小跑着避开去。听说，于习书之所以有如此至高无上的权威，就因为那婆娘有愧于他，替他生了个瞎了一只眼的娃娃。在于家寨上，生女儿的婆娘已经要挨骂了，莫说她生的还是个瞎一只眼的赔钱货了。

于习书那个瞎了一只眼的女儿，不满周岁时生过一场大病。乡里的人说不出生的是啥病，只说那瞎娃娃脑壳上烫得可以煎鸡蛋，烧得凶。一天深夜，夫妇俩套上马车，抱着娃娃赶到公社卫生院去，半途上娃娃就断了气。于习书攥着马车回到寨上来时，坐在车厢里的婆娘的哭号声，惊醒了满寨的人。

这以后，在于家寨上，"辣萝卜"或是于习书追着打婆娘的事，便成了家常便饭。

有一回,吃过晌午饭出工的队伍绕过他家院坝,听到屋头传出声声凄惨的哭叫,还能隐约听到于习书摔板凳、跺脚的声气。寨邻们压低了嗓门在议论:"于习书又捶婆娘了。唉,真是的。"

"晓得是啥缘故吗?"

"还不为点家务事!"

"不是的。"有个神秘的声音传进我耳朵,"听说啊,是他婆娘……嘿嘿,来来来,这里有姑娘,不便说,到这边来点……听说啊,是那婆娘不愿和他同床,惹得他肝火旺哩。"

就在这年的秋末冬初,大队里组织查账小组,专查于家寨会计、保管员的账,我也参加了。于习书把头年上交大队的现金九百三十元的账,做在第二年的支出账上,而在头年的预拨金里,这笔钱早就上了支出账。一笔是做在头年年初,一笔做在第二年年尾。收钱的大队干部只记得有这么回事儿,其他都讲不清了。算我的腿脚勤快,除了细查账面,还几头跑,让经手的会计和干部尽量回忆,终于迫使于习书承认贪污了九百三十元钱。

为此,于习书的现金保管员职务被撤了。"辣萝卜"吵着一大家子人不替这"贪污儿"背账,同于老三分了家,还在院坝中央扎起了一堵篱笆墙,以示划清界限。

分家之后,于习书把一头大肥猪卖了,交给集体二百元现金款,同时提出,还有七百三十元,由他趁农闲时节出外到基建工地筑包坎、打小工归还,力争在两年之内还清,改过自新,希望队里为他出去打工开一份证明。

大小队干部答应了他的要求。

哪晓得,他离寨出去打工,一晃三年了,都不曾回过一次家。让人出外时顺便打听,也打听不着他的消息。直到今年挞谷子那几天,于家寨隐隐约约有人传,说他早在外县上的什么地方,勾搭上了一个妖媚婆娘,生下了一个白胖儿子。是真是假,没人讲得清楚。足足三年没回来,倒是真情。

翻弄着工分簿,在大祠堂的一片风雨声中,关于"她",我搜肠刮肚的,能想出来的,便是这一些事情。

盼了一年的社员们,吵着要尽快地结算分红,会计对我催了几道,要我赶紧把核对清楚的工分账交给他。于家寨上几十户人家的工分,我都结清了,唯独

134

"她"的账,还没核对。

有过大祠堂里的那一幕,我总有种预感,感到不能贸然到她家去。到了她家,在我和她之间,是要出些什么事的。出啥事儿呢?

我似是有些怕,又确实地有所期待。这几天来,这个不晓得名字的女人的脸庞,总会不知不觉悠悠地晃现在眼前,一晃现就使我陷入冥冥的遐想。

收工回寨路上,会计又对我催了一回。看来,再拖下去不成了。我答应他,明天一早就把工分账送去。同时,我决定了,趁着傍晚天黑之前,到她家去一次,把她的账核算清楚。黄昏时分的于家寨,是一天当中最热闹喧嚣的时候,估计这当儿,人人都要忙晚饭,忙煮猪潲,不会出啥事儿的。

回到知青点,我换下出工劳动的衣裳,洗过一把脸,顺便还用凉水冲冲脑壳,随即带上工分簿,到她家去了。

插队多年了,对于家寨上的每家每户,我都可以说是熟门熟路。只是,进她家走哪个门,我有点搞不清楚。

眼看走到院坝跟前了,面对绿树翠竹掩映下的几幢砖瓦房、茅草屋,我不知所以地站住了。倒不是不敢朝里走,贸然闯进"辣萝卜"家,免不了一场寒暄不说,从她家出来再进"她"的家,总有些别扭。再说,我也不想撞见"辣萝卜"家的人。

正在犹豫不决,路旁坝墙后头,送来一声轻柔的问话:"来对工分吗,小池?"

我转脸望去,正是她,扎条围腰,在暮色浓浓的园子土里收豆架子,显得温和而又安详。我不由得朝她微笑地点点头。

她像看出了我的意思,手朝坝墙边一条窄窄的路一指:"走这边。"

我夹着工分簿,踏着园子土旁一条仅半尺宽的脚窝路随着她迈进一个矮矮的门洞。

"坐。"进屋没走几步,她就挨墙替我放下一条小板凳。

我恭顺地坐在板凳上,发现这是一间窄窄的、长溜溜的屋子。屋子尽头垒起灶,我坐的这半边空荡荡的,矮矮的门洞外,就是一篷挨一篷的密匝匝的钓鱼竹。屋头显得晦暗晦暗的。

"大门在那边,"她见我狐疑地打量这间小屋子,手往灶那头指着介绍,"我们进来的这个小门,只通我的园子土。"

她说"我的",不说"我家的"。

我"啪啦啪啦"翻着工分簿:"我来和你对工分,你不是说……"

"莫慌,"她打断我的话,两只眼灼灼地瞪着我道,"你是收工后,没吃饭就来的吧?"

我在她的逼视下点点头。

"我先替你煮点吃的。火现成。"

"我不吃饭。"我赶紧声明。

"不煮饭。随便吃两只蛋。放心,我不会毒你。"

她说话的声音里,有着女性特有的关切和温存。活到二十四五岁,还没有女人用这样的声调同我讲过话。我无法再阻止她。况且,干一天体力活,到这时分,我也当真饿了。她动作麻利地打碎蛋,小心翼翼地煮进滚沸的锅里,在光线淡弱的灶台前,她那微倾的身子,映在我的眼里,如同一尊雕塑,激起我心头一阵又一阵温情的涟漪。我凝视着她,忘却了世界上一切地凝视着她,呆若木鸡地坐着。

她蹲下身子去了,一双手摸摸索索,在灶膛前的角落里抓起一把豆荚秆,塞进了灶孔,火"喷"的一声燃大了,红亮红亮的火焰映出了她的脸,清晰地勾勒出她脸庞侧面柔美的线条。火焰的光亮里,她的一对眼睛,熠熠放射出充满期待和希望的光芒。

我的心不由得怦然一动。哦,要是我不坐在这里,她一个人守着灶做饭,煮潲,喂猪,而后涮洗锅碗筲箕,而后清扫屋头睡觉,而后又一个人煮早饭吃后出工,日复一日,天天如此。她打发过去的日子,不是一月两月,也不是三月五月,而是三年,整整的三年守着活寡,贫困清苦不说,那份寂寞和苦恼,她是怎么熬过来的呀?是茫无思想,浑浑噩噩,还是怀着被遗弃的屈辱和焦渴忍耐着?

这太可怕了。不往远说,就说我吧,秋收大忙过后,同一集体户的知青们全回上海探亲去了,只因为我当着记工员,要参加秋收结算、年终分红,不到腊月二十九走不了,只得独自一人留在寨上看守知青点这个家,伙伴们才走几天,我已经耐不住孤寂了,一到了晚上,就去串寨,看那帮好赌的汉子扔骰子,听上了年纪的老汉云天雾地摆龙门阵,直摆得脑壳往下勾打瞌睡,借此来消磨光阴。而她咋个过呢……

"来,快趁热吃!"一碗亮晶晶闪着雪白光泽的水煮蛋,端到了我的面前,鲜蛋的淡香味直冲我的鼻子。我膝上厚厚的工分簿失落在地,手足无措地接过了一大碗煮鸡蛋。

"谢……谢谢!"我愣怔了一下才说出口。

"好憨唷,瞧你这模样。"她嗔笑道。

一只大碗里,足足打了六只鸡蛋,以至蛋多汤少,好些白砂糖还没化开。我用匙儿搅着汤和蛋,心头热乎乎的,插队生活清苦惯了,一顿至多吃两只鸡蛋,哪敢这么奢侈,一顿吃六只蛋啊。我一边搅一边说:"太多了。我哪好意思吃啊。瞧你孤零零一个,一年到头才挣多少工分,跟你说,初算下来,一个劳动日只值三角四分……"

"不碍事。"她截住我的话头说,"我喂了一大群鸡,十二只母鸡,一只公鸡,都是鸡下的。"

"你可以拿去卖。"

"我懒去赶场的,那些打击投机倒把办公室的龟儿子,专爱找我们姑娘媳妇的麻烦。"

"那我也吃不下这么多啊,舀两只你吃吧。"

"舀起嘛!"她爽快地答应,一蹲下身子,双手抓住我的膝盖,朝着我微仰起脸,张开嘴,"来!"

哎呀,亏她想得出,她是要我将就手里的匙儿,舀蛋给她吃。

她既调皮又期待地等着,我只好用匙儿舀起滑溜溜的水煮蛋,送进她的嘴里。

她微眯起眼睛,咀嚼着咂了咂嘴巴,认真地一点头道:"嗯,糖够了,还真甜。嗳,你也吃啊,快吃。"

在她的催促下,我也舀起一只蛋,咬了一口,又咬了一口。是的,她放的糖真够多的,水煮蛋甜极了。白砂糖,在偏僻的于家寨,也是个奢侈品。莫非,她还能说,这是家里现成的吗?不过我已不想说了。在她的窥视下,局促地吃下去两只鸡蛋,第三只蛋刚刚咬一口,她忽然一摇我的膝头,用命令的口吻道:"再给我吃点。"

不等我反应过来,她不容分说地抓起我的手腕,把那只我咬过一口的蛋,送进自己嘴里,一边咀嚼,一边连声赞叹:"唷,甜,真甜。来,你也吃啊!"

啊,她的一个眼神、一个脸色、一个手势、一个动作,都向我表示着亲昵和熟稔,都带着鼓励我的意味。我的心早跳得不自在了,一双眼睛里,除了她那张俏丽的脸,啥也看不到了。而事实上,就是她那张脸,我也只看到她的一对充满柔情的眼睛。

吃完蛋汤,我把碗和匙儿往板凳角上一放,掏出手帕来抹着嘴说,"我们核对工分吧。"

"忙哪样呀!"她拿过我搁下的碗和匙儿,站起身来说:"把你喂饱了,你还急啥?我那工分小本本在屋头,等我把灶屋收拾完了,再同你对。"

吃了人家嘴软,我只好迁就她的意思。天黑了,灶屋里已是黢黑一片,看不很分明了。我木然坐着,只觉得她刷过碗和锅,问过我还要不要吃晚饭,我回答说四只鸡蛋,当得一顿晚饭了,吃不下。忙碌间,她在灶旁边那扇门里进出过一回,还走过来关上了通园子土的小门,然后又到灶台边去了,好像是在舀水洗脸。

我移开了脸,屋里是全黑了,只有灶孔里的火光,还在一明一灭地闪耀着,使我依稀看得到她的身影。寨路上有重重轻轻的脚步声偶尔传来,不时还响起一声两声狗咬。

我只觉得自己的心像在波浪里似的时沉时浮。

"嚓"一声,她划燃一根火柴,点亮了灶台上的油灯。油灯的光焰晃悠晃悠忽闪了几下,燃大了。

我骇然看到,她只穿一件贴身小褂、一条短裤,正从一只大大的木盆里迈腿出来。劳动妇女胸前的一对乳房,鼓鼓地突现着。

我当下明白了,刚才我以为她在洗脸,其实她是在摸黑擦身淋浴,怪不得有几下舀水声哩。我看不见她的眼睛,更看不见她的脸,只见她把一条白毛巾扎在脑壳上权当头帕,利索地穿上对襟衫和长裤。眨个眼工夫,木盆里的水倒了,她已收拾停当,朝着我走过来。

她的背对着油灯光,我还是看不清她的表情,只听她说:"害你久等了。走,我们对工分去吧。"

我木讷讷地站起身,随她走去。走近灶台,她拿起油灯,"扑"一声吹熄了。

"咋个走啊?"我低声咕哝着。

"跟着我。"她抓起我一只手,推开了一扇门,我只得跟着她,朝黑咕隆咚的里屋走进去,心里直盼她快点盏灯。

挨着灶屋的那间房有窗户,方格格窗棂上没糊窗户纸,浅白色的月光从窗户里射进来,屋里的陈设依稀可辨。

这间屋头堆有几箩洋芋,还有一只大围箩,屋梁上挂着几大串苞谷和满挂满挂的鸡爪辣椒。

穿过这间类似堂屋的房间,我又随她走进里屋。

里屋比灶屋还黑,啥也看不见,像没有窗户。

"点盏灯。"我催她。

"要得。"她一只手抓着我,另一只手抚弄了一下我长长的满头乱发,"可你要听我一句话。让我替你理个发。"

"你不是不会理吗?"

"我会剪啊!剪得齐刷刷的,不比理的差。"

"我还是赶场去理发馆吧。"

她把我的手抓得更紧了:"那我不点灯,也不放你走。"说着话,她的身子朝我靠过来。

我后退了半步:"依你吧,剪就剪。"

她高兴了,放了我的手,点起了一盏煤油灯,还让我坐在屋子中央。

这里间屋,原来是两小间,外头一小间挨着竹园,有窗户,糊着白窗户纸,里头一小间是卧室,放一张双人大床,床上的帐子敞开挂在帐钩上,床上的被子叠得整整齐齐,糊着窗户纸的窗门,被帐子遮住了。窗户对着一道坝墙围起的园子土。床边有张搁着温瓶的三抽桌。她找来一件大襟衣裳,围住我的脖子,手里拿着一把快剪,认真替我理起发来。

剪子"嚓嚓嚓"一阵响,她一手托住我脑壳,一手剪着,果然剪得相当熟练,不是个生手。

我奇怪了:"你咋学会的?"

"娘家爹教的。"

"你爹是剃头匠?"

"不是。他是大队支书。"

"那他咋会理发?"

"在部队上学的,爹是志愿军。"

"你在娘家,也替人家剪?"

"替一同长大的姑娘们剪。剪熟练了!"

"看我同你说了好久的话,还不晓得你叫啥!"

"总算想到问一声了。"只见她的剪子停了片刻,"我叫吴金珠。"

一个普通得不能再普通的名字,可我心头却情不自禁地默默地唤着:金珠、金珠、金珠……

剪了脑壳两边,剪后颈窝的头发,她让我低下头,把我的脸埋在她隆起的胸前。她剪的时候,会俯下身来,鼓鼓地突起的乳房,就紧紧地压在我的脸上。

我的脑壳刹那间眩晕了,眼睛里直进金星银花。我感觉到她的柔软的温暖的胸部的气息,闻着她那被暴晒过的对襟衫上的干燥气息。不,我嗅到的,我感觉到的,远远不止这些,女性那素馨醉人的气息,使我的神经战栗了,我的双手里捏着两把汗。天哪,长大成人之后,我还从未这么近地挨过一个女人哪。我的心在狂跳,血脉在奔涌曲张,我的双手情不自禁地轻轻搂上了她的腰肢。

她抽条条的身子在我的搂抱下陡地抖动了一下。

我的手与其说是搂着她,还不如说是搁在她的腰肢上。尽管如此,我仿佛觉得,她体内的血液,正在急涌到我的手臂上来。

她已经不再剪我的后颈窝发根了,只是用左手一遍接一遍地摩挲着我的颈窝,轻柔地、小心翼翼地摩挲着。

我任凭她抚摸着自己,悉心感受着她体贴和脉脉的温情。还需说啥呢?只要我一用力,把她紧紧地搂在怀里,她便会把一切都交付给我的。可我的手在打着寒战,怎么也使不出力,她……吴金珠她终究是于习书的婆娘呀!虽然于习书甩下她一个人生活已经三年了,可她在法律上,还是于老三的婆娘哪。我掺和进去,算个啥名堂呢?可……

我不晓得这情形延续了多长时间。只记得她在我颈窝上轻轻拍了一下说:"剪完了,洗脑壳去吧!"

随后,我就跟着她摸黑退回灶屋,由她帮我洗净脑壳,抹干。她还似乎在我湿漉漉的头发上嗅了一下,说:"这下好了,喷喷香。"

直到这时,我才同她走进里屋,坐在床沿上,开始对工分。

几笔工分,不消五分钟便对完了。我打了合计,把她的总分填上,又"唰唰唰"涂去了于习书和于氏两个名字,在旁边写上又粗又浓的三个字:吴金珠。

她无声地笑了一下。

我心头一亮:莫非她同其他山寨妇女不一样,还识得几个字?"你识字?"

她默默地点点头,两眼忽闪忽闪瞅我一眼。

我被她瞅得心慌,合上工分簿,把封皮角角抚平了一下,说:"我走了。"

"真走?"她下意识地转脸望了望双人床铺,两眼顿时翳暗下去。

我惶惶地站起身,忍不住又看她一眼。她正仰起脸来,两眼哀伤地泪汪汪地瞅着我。

我硬硬心肠,转过身去,一步一步朝外走。

"扑"一声,她吹熄油灯,整个身子扑了上来:"小池莫走,等一会儿走。"

"咋个了?"我感到她的声气不对。

她恐惧地抓着我的手臂,耳语着说:"我听到有人来了。你……你听。"

我仄起耳朵,凝神屏息静听着。先是听到一阵自己"咚咚"的心跳,接着又听到风吹着梓木树叶"哗啦啦"响,静谧之中,还听到一声一声蹑手蹑脚的足音。我分辨得清楚,这脚步声,不是顺路走到门前来的,而是像贼似的,在窗外园子土里乱踩着,趸到金珠窗口边来了。

我的心提到嗓子眼上。紧紧挨着我的金珠,浑身在"扑簌簌"打抖。这是哪个野汉子呢?

双人床张起的帐子后面,那扇隐约可辨的窗户上,响起了撮起指尖的轻击声,糊着窗户纸的玻璃被击得"嘭嘭"发响,同时,传来低低的呼唤:"金珠妹子,金珠妹子。"嗓门压低得变了声。

我感觉到金珠恐惧地抓住我肩膀的双手,几乎勒进了我的皮肉。

急切的呼唤和击窗声来得更猛烈了:"金珠妹子,金珠妹子,这么早就睡下了吗?刚才还见你亮着灯哩。你……给开个门吧。"

这回,我听出嗓音来了,眼前同时浮现出一张黄蜡蜡的、下巴尖尖的脸,一对皂白分明的眼睛总是过于精明地"骨碌碌、骨碌碌"打着转转。

他叫于志光,三十多岁了,屋头的胖大婆娘给他生下了可以排成队的六个娃娃。算起来,他是于习书的远房堂哥,在于家寨上,也担当着一份职务:保管员。和于习书不同的,他是实物保管,不保管现金。于习书没离寨前,两个保管员之间走动得是很勤的。难怪他对金珠这儿,是如此熟门熟路。

"金珠妹子,开门吧!"于志光已改用拳头在轻擂窗户了,声气也更大了些。

我听得清金珠局促的喘息声,她颤抖着声音问:"你要干啥?"

"嘿嘿,我晓得你醒着嘛!哪会睡这么早啊,孤零零一个,夜长难熬啊!"听到金珠的责问,于志光非但不恼,相反还"嚯嚯嚯"乐了,用甜腻腻的声气道,"要干啥,亏你还问!来陪你妹子啊……"

"你快滚!"

"滚?咋个舍得你妹子啊!"

"你不要脸!"

"随你咋个骂啰,金珠妹子,你我都是过来人,你何必那么死板哩!没得听说吗?于习书,我那堂弟,早在外乡裹上个婆娘,娃娃都生下一双啰!你还在守着空房,维护啥贞节啊?憨包婆娘,这会儿,他怕正同外乡婆娘搂着睡哩……"

"呸!"金珠愤愤地一跺脚,"你在这乱嚼蛆,满嘴里喷粪,给我滚!"

"不滚,金珠妹子,"于志光死皮赖脸地说,"你咋个这样子不拐弯啊?你守着活寡,我那婆娘又怀上娃娃了。我们俩正好……"

"不滚我就喊啦!"

"喊嘛,喊来了人,我就说是你约我来的……"

"你……"

"嘿嘿,金珠妹子,开门吧!"

我紧紧地咬着牙,极力抑制着愤怒的情绪。一个人的无耻,到了这样的程度,除非只有动用拳头和棍棒收拾,才能揍落他的邪念。于志光长得干瘦单薄,要教训他,我的一双拳头是绰绰有余的。可我却动弹不了,冲出去打他一顿,招来了寨邻乡亲,人家问起来,我咋个会在吴金珠的屋里,该怎么答复呢?那岂不是惹祸事上身?

金珠像是让他缠得无奈了,脑壳埋在我的肩头,无声地啜泣着。我能感觉得到,她那丰满的胸部在随着啜泣不断起伏。

屋里静得令人难耐。窗外的于志光似乎从金珠的沉默中感到了希望。他的嗓音变得甜腻哀怜，比先前愈加热烈和迫切了："金珠妹子，开门吧，莫以为我不晓得，你孤苦伶仃一个人守空房，也盼个人做伴呀！开了门，你欢我也欢……"

"好嘛！"倚靠着我肩头的金珠爽利地答应下来，突然她离开了我，走近双人床边，"哗"一声把遮住窗户的帐子撩了起来，"你等着！"

"嘿嘿，我说嘛，要一开头就答应，我们……嘿嘿嘿……"窗外的于志光发出一连串浪笑声。透过窗户纸，我依稀看得到窗户上映着一个晃悠悠的脑壳。我赶紧往屋角落里趱去。

金珠在漆黑的屋头转了一圈，我只是朦朦胧胧觉得她提了样啥东西，只见她爬上床去，朝着窗外低声喊："我给你开窗，你就从这里进来吧。"

"嗳、嗳……"窗外的于志光的声音欢得颤抖。

我只是有一种预感，感到金珠要做啥骇人的事来，是拿起一只扎鞋底的锥子戳他，还是抓根针刺他……不等我猜明白，窗户"嘭"一声打开了，窗外的月色里，于志光的脑壳猛地拱现在窗洞里，双手抓住窗台，正要往里爬。没等我看分明，正欲爬进来的于志光发了一声挨刀猪样的惨叫，脑壳往下一缩，哭爹喊妈地逃走了。

金珠的脑壳探出窗户去，尖声拉气地咒骂着："你个烂龟儿，看你再敢来摸墙欺负人。再来，我用开水烫死你！"

哎呀，她刚才手里提的是温瓶，她一定是用温瓶里的水烫了于志光。

金珠"砰砰嘭嘭"关严了窗户，重又把帐子放落下来，手提着温瓶重重地搁在双人床边的三抽桌上，继而"嘤嘤"出声地哭了。

我的心里乱成一团。要是为避嫌疑，我该尽快地脱身，离开这儿，免得左邻右舍好打听事由的婆娘上门来时撞到我。可面对着一个刚受过辱的少妇，我能硬着心肠走吗？我惶惑地走近了她身旁。

她止住了悲泣，一动不动地坐着。屋里静得可怕。我好像听到周围的寨邻打开了堂屋门、院坎的朝门走出来，我仿佛听到了他们走来的脚步声。我的心骤跳着，喑哑着嗓门说："金珠，我走了……"

"出了这种事，你还走？"她大为惊愕地问。

"会有人来的……"

"不会，不会有人来。你尽管放心。"

"这个寨上的人都爱管闲事……"

"没得人来,你信我的话,信我的吧。"金珠一把扯住我的衣襟,扯得紧紧地道,"他……于志光这烂崽,他来缠我不是一次了。"

"不止一次?"

"差不多天天晚上来,害我上半夜没法睡。今天不是你在这里,我、我也不敢开窗烫他。你莫走,莫走。"

我硬不起心肠来了。一个可怜的弱女子在求你,你能回绝她吗?她苦笑了一下。"待一会儿,还是要走的呀。"

"不,不走。"

"要走的。"

"走了他又会来。"金珠带着哭腔站了起来,"又会来的,他会报复,会破门而入。"

"你想得太可怕了。"

"是真的。小池,你不能走,你不晓得,我快要憋死了,闷死了!你不走你在这里,我胆壮。"金珠的双臂搭上了我的肩膀,急促地晃动了两下,又顺势搂着了我的颈脖,"小池,小池,你答应我。"

哦,难道这就是爱情吗?

我使劲地把脑壳往后仰,才能使自己的面颊不同她朝前倾探的脸挨在一起,才能勉强回避她那对拼命大睁着觑视我神情的泪汪汪、火辣辣的眼睛。平心而论,从未同人谈过恋爱的我,把爱情看得格外地神秘而又神圣。发生过大祠堂里那一幕以后,虽然晓得她对我有着明显的好感,虽然我也对她有着强烈的兴趣和时时有股接近她的愿望,但我从来没有想到过同她如此亲密无间地相处,不,只要一往这上头想,我的心头就会产生一种莫名的恐惧……可此时此刻,小屋里是无边无际的黑暗,金珠的发梢不断地撩着我的额头和面颊,从她的鼻子里呼出声声喘息般温馨的热气,暖烘烘地喷到我的脸上,使我有一种心弦为之颤动的快感。

感情像股旋风般把我脑子里的一切意识席卷一空,迫切渴望亲昵的欲望像急浪般掀了起来。我张开了双臂,带着股莽撞紧紧地搂住了金珠。

金珠呻吟似的低低叫了一声,热切地攀住了我。我的耳边断断续续传来她柔柔的梦呓般的呢喃:"小池……你、你是不是嫌弃我?小池……"

她大约也根本不指望我回答,我呢,更顾不上答复啥话了,只是笨拙而热烈地吻着她那润滑的、烫乎乎的脸颊。哦,只有到了这时候,我才知道,她的心多么渴望着怜悯和爱抚。

小小的卧室里有着股晒过的苞谷的干燥味,微甜微甜的干燥味。这股气味,会一辈子留在我的记忆里。

"你为啥要挽留我?"

"你会不晓得吗?"

"我陪着你,不是同于志光来缠你一样?"

"咋会是一样?憨猪儿。"她非常生气,骂起人来。

"人家都要讲……"

"讲啥?讲我偷汉子,是吗?就是偷汉子,也不一样。"

"不一样?"

"于志光那种男人,只配同猪睡,臭蛋一个,可你,你……"

"我咋个?"

"我就是喜欢你,记得吗?那年'辣萝卜'追着捶我,就是你出主意救我的。就是那回,我记住你了,好心人!"她赤裸的手臂从我颈子后面弯过来,拍着我的面颊,又俯过脸来,一头黑发把我的脸全遮住,在我的腮边结实而毫不含糊地吻了两下,我的腮帮上再次留下了她的唇液,心头涌起一股亲昵的感觉。她接着道:"于习书这种人都配过人的日子,我就该过鬼的日子?呸,我偏不信这个邪!就许他在外头乱裹女人,不许我自家找个汉子?我就是要挑个心上喜欢的人。小池,你是我的太阳!"

那个狂喜的、跌入深渊般的不眠之夜过去之后,只要我稍有闲暇独自待着,我就会想起同她在床上的这段对话。在她的这段话里,透出了她同我相好的一点真实的意图。

说这些话的时候,我并没意识到这一点。是我事后想到这些话,逐渐逐渐领悟出这层意思来的。

开初我也只是想当然地认为,她孤寂,她需要安慰,或者拿山寨上的话来讲,结过婚的她耐不住寂寞,情急了。翻来覆去地想到她的这段话,我开始明白,事情远不是那么简单了。单是情急了,她会开门接纳夜夜来缠的于志光,可她死也不。她有自己的追求和向往。特别是联想到那晚上,她偎依在我的怀里,在我的耳边轻声细语地讲起她的经历、她娘家的情况,我更认定了这一点。

她的被窝非常干净,躺着就能嗅到一股阳光的气息。

"你晓得吗?"她把被窝盖着自己的半边身子,倾身向着我,在我耳边柔声细语着,"嫁给这个于习书,我真是无奈,家里真是无奈。"

"你爹不是支书吗?"

"支书,'四清'前的支书。'四清'那年,清算出他在饿饭那几年给寨邻乡亲们留了点粮,背了个'瞒产私分'的罪名,下台了。'文化大革命'一闹起来,老账新算,就逼着他下煤洞挖煤。日子难熬呀。爹在煤洞里挖煤压断了腿,要住院上石膏,要不,腿就要断。可住院要钱啊!爹一个'四清'下台干部,到哪里去找这么大一笔钱呀?一家人愁死了。这当儿,媒人上门来了,替我做大媒,出主意说,只要我答应下来,爹的医疗费就有办法。为救爹的那条腿,也为全家人往后的生计,我连于习书的面都没见一见,就点头了……

"你知道,我不仅识字,在爹的叮嘱下,我还读完了初中。我想望着,嫁了人能改变我家碰到的厄运,嫁了人能过人的感情生活。可哪晓得,相貌并不难看的于习书,有那么粗俗、那么猥琐和自私。还有他妈妈'辣萝卜'……我失望了,绝望了,厌倦地忍受着心的孤独,忍受着难熬的日子。只望生下个娃娃来相依为命,哪晓得,娃娃一只眼是瞎的,于家老少从此再不把我当个人看。'辣萝卜'满寨追着我又骂又打,不把我打残了,她硬是不甘心。更可怕的是,我那女娃儿发高烧,他们一家都不让我抱她去看。那晚上,趁着于习书出去赌钱,我偷偷地把娃娃抱出了寨子,急急地赶往公社卫生院去,想求医生给娃儿医一医。哪晓得,于习书赌钱回家,不见了我们母女,套起一辆马车,就来追我们,半路上硬把我和娃娃逼回家来。我不肯,他发疯样地对着我又是打又是捶,还要夺我手中的娃娃。可怜我那娃儿啊,有了病得不到医,半路上又遭于习书那么一折腾,还没回到寨上就咽了气……"

说到这些,金珠已是泣不成声,她的脸埋在我的臂弯里,浑身都在震颤打抖。我找不出一句话来安慰她,只是在她肩头轻轻地抚慰着,抚慰着。她啜泣了好一会儿,才又断断续续地告诉我,从娃儿死了之后,她再也不愿和于习书同床,于是乎,于习书又同他娘一样,找岔子骂她、打她。

想一想吧,她过的是这样压抑的生活,怎么可能对婆家有好感,对于习书有感情呢？她是带着颗封闭的心,生活在孤陋闭塞的寨上。

而这颗心现在向我敞开了,率直地向我露出了无尽的渴念和燃烧的激情,她希冀着温存,渴望着爱,忘乎一切的疯狂的爱。为了这爱,她可以去干平时想也不敢想的任何事情。因为这是她心甘情愿的。这样的爱,是绝不能轻易待之的。

想清楚了这一点,我陡然意识到,我是在走近一堆熊熊燃烧的大火,是在走向骇人的深渊。

那一晚,同她度过了几乎不曾合眼的整整一夜,我真正感觉到狂喜、甜蜜和幸福,真正觉得被一个女人衷心爱着时的欢欣和亢奋。在那从未体验过的热情火山爆发般喷涌出来的时候,我甚至觉得,为了她,为了这个给予我温暖和抚爱的金珠,我可以去赴汤蹈火,去干无数惊人之举。

可在冷静下来以后,我也得照实承认,我感到惶惑,我有一种恐惧和不安的心情。我不得不想到她是于习书的婆娘,不得不想到我和她都生活在对男女之间伤风败俗的事情深恶痛绝的偏僻山寨上,不得不想到这个寨子上的人几乎都姓于,而这些人又几乎全都信奉陈腐的根深蒂固的家族观念。而更多的,我还想到了自己,我是一个知识青年,几年来所谓"接受再教育"的实践已经证明,我不可能,也没能力在偏远的于家寨上扎根落户一辈子,我梦寐以求地期待着抽调,我要离开这儿。而她呢,怕一辈子也跳不出这个深陷的坑——于家寨,于姓人家的媳妇该牢守的空房。

我必须用毅力克制自己的感情,斩断和金珠之间已经开始了的关系。即使要挣扎,我也必须挣扎出个结果来。

工分结算完,交给会计,我的职责就算完成了。

秋尽冬来,山野里呈现出一派萧条和荒寂,我等不及年终分红,就想回上海探亲去了。

我开始整理东西,做回家的准备。

睡脏了的被窝褥子要洗干净,分给我的谷子、苞谷、洋芋要分别装进箩筐、围篓,寄存到信得过的老乡家去,还有箱子和稍值点钱的东西,也得寄存好。要走了,老乡们免不了让带点东西,那几个大、小队干部,要打声招呼,还得开一张证明,免得在上海刮起"政治台风"时,被叫到派出所训话。

以往,所有这些事情,抓紧一点,两天就办完了。但今年,我自己也弄不懂,为啥磨磨蹭蹭的,三五天里还没办成几件事。就说洗被窝吧,今天拆了,一看是阴天,怕不干,没拿去洗;明天飘起了毛毛雨,干脆不洗了。一不出工,我反而变得格外懒散,坐在板凳上,木呆呆、木呆呆的,一坐竟是几小时。

毋庸讳言,之所以如此迟疑不决,时常陷入冥冥的深思之中,全是因为金珠。一个招呼也不打,就跑回上海去探亲,太讲不过去了。况且,况且我只要一静下来,就会想起她来,想起那个永远难以忘怀的夜晚她和我之间发生的一切。

犹豫、自责和对金珠的思念关切,使得我整整拖了一个星期,也没有离开于家寨。当我总算把所有的准备工作做好去向大队请假的时候,大队挽留我在山寨上和贫下中农们一道度个"革命化的春节",并且给我布置了具体任务:离于家寨约莫四里山路的白岩寨,账目混乱,年终结算分红搞不下去,大队决定成立个查账小组,我也是成员之一。

要在往年,我会推辞,会找出种种理由力争回上海探亲,甚至还会写信回上海,让家里赶紧发加急电报。但是这回,我只点了点头,表示感谢组织对我的信任,我一定在查账小组里好好地干。

当决定不再回上海去以后,我忐忑不宁了好几天的心反而平静下来了。

查账小组的工作,在腊月二十九小年夜那天就停下来了。白岩寨上,要在年前分红肯定是没指望了。不说现金了,就是那几笔烂账,这十天半个月,要想算清也是不可能的。查账小组五六个人,一扔下白岩寨的账本本,各自都回家忙碌着准备过春节了。于家寨虽穷,到了年关脚下,家家院坝里还是有着股喜气。

唯独我,变得比任何时候都清闲。寨邻乡亲们见我一个异乡客在山寨上过春节,纷纷邀我去他们屋头过节吃饭。从大年夜那顿晚饭开始,直到年初五,我的日程全都排满了,根本不需自己备年货,连灶火都可以熄了。

闲着没事儿,我搞点儿个人卫生。大年三十那天下午,我把里里外外的衣裳都换了下来,拿到堰塘边去洗。腊月间的堰塘水冷得僵手指,才洗了两件衣裳,我的手指都冻红了,明知无用,我还是不时地把指尖凑到嘴边,呵着热气取暖。

"小池,好勤快啃!大年夜还洗衣裳?"正想马马虎虎把衣裳清完,耳边送来清脆脆的一声招呼。

我不觉一怔：这是金珠的声气。

我转过脸去，她端着一只脸盆，蹲到我身边来了，满脸堆着笑："冷吗？"

"有点……"

"拿来我替你清洗。"

"哦不，不用，不能…"我的方寸全乱了，急忙朝堰塘团转瞟了一眼，幸好，近处没其他人，听不见她刚才那句亲昵的话。

"那么，听着，"她也用眼角朝两边瞟了瞟，放低了声音说，"今晚上，来我那里吃年夜饭。"

"我已经答应了四叔家。"

"那也得来。"她的一双眼睛睁得老大，灼灼放光地盯着我，一点没放松的意思，"我等你。"

"呃……"她的目光犹如芒刺，这样子悍然不顾地瞅着我，随便哪个从旁走过，都会看出蹊跷来的呀。我全慌神了，可我不能答应她，不能。

"我摆好饭菜等你。你不来，我就不吃，尽等尽等。"她固执地说，那双眼睛脉脉含情地望着我。

堰塘对面，有人走过来了……我忙乱中点着脑壳说："要得，我、我来。"

"那才像句话呀！"她欢快地朗声说着，一把从我手中夺过那件棉毛衫说，"让我清吧，看你那笨手笨脚的样儿。"继而又压低了声气说，"当真来啊，我点起红烛等你。"我朝着她点头。

天哪，我答应了她，当真会去吗？

四叔家的炉火烧得好大，足以驱散腊月的严寒。四叔家的年夜饭也备得丰盛，他杀了一口年猪，挑瘦肉炒了肉丁、肉丝。知道我是上海人，吃不惯辣椒，四叔家里的还特意把没放辣椒的小盘子搁在我的面前，要我敞开肚皮尽情地吃。

我真吃了不少，喝了苞谷烧酒，吃了饭。听到几家出外去揽工的院坝里放开了爆竹，我借口要去凑热闹，道谢告辞出来了。

外面真冷。天擦黑时下起的细雨，这会儿落得更繁密了。天上的云层很厚，风在寨路上发怒般吼啸着，"呼隆隆"响。尽管如此，深山幽谷之中的于家寨上，还是笼罩着一层喜气。这家那家的院坝里，不时响起震耳欲聋的爆竹声，逗得各家各户的狗,都"汪汪"地狂吠起来,有股热闹劲。虽然昏黄淡弱,不像城镇的电灯、日光灯那么亮堂,家家农户屋头,都还亮着一盏一盏油灯。

冷飕飕的风和飘飞的雨扎着我发烫的面颊,那几杯苞谷烧酒,灌得我的心"怦怦"直跳。一走到寨路上,一个问题就推到了我的面前:要不要去金珠家呢?我的眼前晃悠悠地闪出一幅画面来:在搁板上跃动的油灯光影里,小方桌上端端正正放着几盘菜肴,金珠坐在板凳上,充满希望和期待地等着我,听到屋外传来脚步声,听到一阵一阵风声,都会引得她情不自禁仰起脸来仄身倾听……

我的心不忍了。我算个啥呢?值得一个女人那么真挚地爱。

"……你不来,我就不吃,尽等尽等。"她的话音在我耳边清亮地喧响着,如雷贯耳。

我摸着黑,踏着被细雨打湿了的青冈石寨路,朝着她家方向,一步一步走去。

远远地,看到她屋头窗房里亮起的灯光了,我的心又狂乱地跳起来。去吃顿饭、陪她坐一坐容易,可一进了她家屋,我还出得来吗!今晚上,不是又要重演一次那夜的情形吗!哦,不,不能倒退回去,我不能陷进泥坑去害人又害己。

我在乌漆墨黑的寨路上停下来,任凭细雨扑打我的脸,任凭阵阵寒意不断地袭上身来。我只是透过迷蒙的雨雾,朝着金珠家眺望。天哪,只需几分钟,趑进她的屋头,我就能得到温暖、得到抚爱、得到那忘却一切的幸福。这个大年夜就会充实得多,有人情味得多,绝不至于孤单单地钻进冰冷的被窝里,忍受孤独寂寞的滋味,金珠是懂得缠绵的温情、懂得爱、懂得体贴的。我顾忌那么多干啥呢?不是她很需要我,我也很需要她吗?无论是精神上还是肉体上。要是没有那一夜的经历,事情也许会简单得多,正因为已经品尝了一次禁果,金珠此时的诱惑力就比任何时候都来得强烈了。

正在我欲进不能、欲退不甘的时候,一道雪亮的电筒光横扫过来,跟着响起一个炸雷样的嗓门:"是哪个?唷,是你啊,小池,站在这里干啥?找不到地方玩吗?走走走,跟我走,今天是大年夜,开禁,看赌钱去,捎便也要他一耍。走啊!"

一听就晓得是民兵连长于志文,于家寨上出了名的赌钱客。他不容分说抓住我的手臂,拉起就走。

这人的力气大,我脚步趔趄了一下,便随着他走去。转身的时候,金珠孤坐桌旁的形象在我眼前闪了一下,但已经由不得我了,我找不出推托的理由不去看赌钱玩。

　　说心里话,向开赌的人家走去时,我的心里还有点感激于志文这络腮胡子大汉,他这一号一拽,把我从犹豫矛盾中扯了出来,促使我下定了同金珠斩断关系的决心。

　　热闹的、带有几分穷欢喜色彩的大年过去了。过了初五,查账小组得继续朝白岩寨跑,公社革委会主任下了条子来,白岩寨的结算分红,一定要在农闲的正月兑现。大队革委会要求我们在元宵节前把账目搞清楚。我们显得紧张、忙碌起来,从早到晚泡在白岩寨上,每天只在傍晚时回于家寨来睡一觉。我一个单身小伙,饭也搭便在白岩寨上吃。

　　这个正月里的天气特别窝囊,一直在飘毛毛雨,天色几乎没好好朗开过一整天。勤快的农民也好,懒散的农民也好,在这种天气里都只得守着疙兜火摆龙门阵。唯独我,和其他各队抽出的几个记工员、会计,还在为白岩寨的账目忙个不停,还在挣一天十二个工分。

　　元宵节前两天,我们把白岩寨的账理出了一个眉目。那天查账小组散得早,听取查账小组汇报的大队主任作完尽快兑现分红的指示,又用鼓励的语气对我说,看我的表现不错,大队决定推荐我去教书,四个大队联办的望云坡耕读小学,有个教师掺和进一桩生意案子,要处理他。大队决定了,让我去接那人甩下的班。

　　这当然是好消息,比起天天下田土干活,天天抱一本工分簿挨家挨户核对工分,教师这活儿要轻巧得多,单纯得多,怪不得农民们喊教书的是"干轻巧活路"的。

　　散了会,暮色浓郁,我踏着稀湿粘脚的泥泞道,带几分踌躇满志地走回于家寨来。

　　是呵,一时得不到上调机会,在乡间教教书也好,总比捏泥巴坨坨、扛锄头强啊。

　　拐个弯,绕过废弃的砖瓦窑,就是于家寨了。

　　于家寨上飘散着袅袅的炊烟,雨雾重,风不大,炊烟飘散得特别迟滞。再走几步,踏上青冈石级道,路就好走了。

　　只顾着思忖,不提防路边大树后闪出一个人影,呆痴痴地站在我跟前。是金珠。我不觉吃了一惊。

大年三十晚上,被民兵连长拖到赌钱的场子上,那里灯火辉煌,好不热闹。不但去了好些男子汉小伙子,连一些年轻媳妇和姑娘也去了。得说句良心话,那场合与其说是赌钱,不如说是凑热闹、耍玩意。赌是赌了,下的注都很小,不准超过五分钱。

在那个场子里,我尽兴地玩了个通宵,输了九角钱,倒也心甘情愿。它把金珠对我的强大吸引力全抵消了。

过节那几天,我倒是真想见金珠一面,候机会给她作个解释。可惜,从那时到现在,我一直未曾见过她。忽然地,她在我面前出现了,兴师问罪地拦住了我的路,我咋不惊讶呢?"金珠,是你……"

"你……我真没想到,"金珠愤愤地噘起嘴呵斥道,"是这么个薄情人!"

"呃……"我瞠目结舌,嘴巴里无词了。站在寨子边上,我能给她解释什么呢?暮色浓重,雾岚四起,隔不多远便模模糊糊,看不很分明,但寨子上的人,还是随时有可能从这里走过的呀。我茫然回顾,看到了废弃的砖瓦窑子。

"我们……去那里讲吧。"我朝砖瓦窑一指。

金珠瞥了窑门一眼,领头走过去。

砖瓦窑里比外头晦暗多了,从拱形的窑壁上散发着股潮味,窑坛上有几块碎砖烂瓦,有一捆散乱的发出股浓烈霉味的谷草。我把几块碎砖简单拢在一起,抓住一大把谷草铺上,就要坐下去。

金珠一把拦住了我:"慢着。"她解下身上的围腰,展开铺在谷草上头。

我一坐下,她也随我坐了下来。

"大年三十晚上,从四叔家吃完饭出来,时辰就晏了。"我舔了舔嘴唇,开始作解释,尽可能说得合情合理,"刚出四叔家院坝,就让于志文扯住衣袖,去看闹热的赌钱场合。人好多唷,一去粘住了,就出不来……"

"啥出不来,脚生在你身上。"

"好些人缠住了不让走。"我极力申辩。

"你就只顾自己,就不想想人家等着你,一直等到黑更半夜,菜冷了热,热了又冷……"金珠的脑壳倚在我肩头,啜泣起来。

不行,这样解释是不行的,连我自己都觉得牵强,我得给她说实心话,不能蒙哄自己、蒙哄她了。

"金珠,你听我说。"拿定了主意,我反而镇定下来,说话声调也沉稳了。我把自己翻来覆去思索过的一切,全向她倒出来了。我说我没有权利爱她,因为我没有决心长期待在于家寨上,因为我没有劳力,养活不了她,也保护不了她。也因为她至今还是于习书的婆娘,我们如果还是偷偷摸摸地来往,那便是不道德的,那会害了她,风声一旦透到寨上于家族人耳朵里,那些族中人不知会对她耍出啥可怕的手段来……

在我说这些话的时候,金珠倚在我肩头的脑壳移开了,她朝我探过脸来,是想借着窑孔射进的一片天光,窥视我脸上的神色吧?她聚精会神地盯着我,我的话音刚落,她的双臂就冲动地搂住了我的脖子:"我晓得你怕了。我不怕,我不像你想那么多。我只晓得我的心要我同你好,别的我啥都不管。我一个女子都不怕,你还怕个啥呢?对啵?"

"不只是个怕的问题,金珠。"想到我和金珠这样两个弱者,竟然要面对于家寨上那么强大的家族势力,竟然要把青春和命运全掷在这块贫瘠偏远的山野土地上,我不寒而栗,"我说的全是真情。讲真心话,我也爱你,爱得我的心常常发痛,可在我们之间,光有爱是不够的,金珠。"

"这么说,你不能同我好下去了?"金珠尖锐地问。

"不能,金珠。"

"永远不能了吗?"

"永远……"

我的话未及说完,金珠将我重重一推,"呼"地一下站起身来,转身朝窑门外跑,一忽儿就跑没了影。

我颓然跌靠在潮湿的窑壁上,半晌没回过神来。只是默默地呆坐着,呆坐着,直坐到砖瓦窑里黑漆漆一片啥也看不清,我也没想到回去。

难熬的多雾多雨的烂冬终于过去了。

春天来了,转瞬到了打田栽秧的大忙季节。

我已经逐渐地适应了山村教师的生活,天天清晨赶六里山路,到望云坡小学校去教书,在那里搭一顿饭吃,下午五点钟,随着放学回家的于家寨学生,一道回寨子来。

站在黑板前头讲课,确实要比挑粪打田、栽秧铲田埂轻闲多了。我天天都按时到校,把学校里的事情料理完毕才离校。教书不过两个月,四个大队都传出了对我的称道和赞扬。我也干得更来劲了。

这是一个大雨后的清晨。年年春天总有那么些日子,晚上下大雨,白天放晴。拿寨上人的话来说,这是老天爷特意照顾庄稼人,晓得庄稼人白天要抢时间干活,而田土又饥渴地盼着雨水。

对这种气候熟悉了的于家寨人,往往会在清晨贪睡一会儿,待太阳钻出云层,晒去山路上的一些露水,才出工干活。

我偷不得懒,还得踏着滑溜溜的山路,按时到望云坡小学校去。

走了两个月,路是熟悉的了。出了寨子拐个弯,顺一条小道弯弯拐拐地走上半把里,便开始爬茅狗垭。茅狗垭从未见过狗,倒是长满了乱蓬蓬足有人那么高的茅草,把一条半尽宽的鸡肠小道遮得看不分明。垭口两旁的半山坡上,各竖一根电线杆子,听说这电是从变电站输往公社所在地的羊子坝上去的。

一开始爬坡,茅草上的雨水就打湿了我的半截裤腿,这不碍事,到了小学校,烧堆火烤一烤就干了。烦人的是长长的草尖尖,直往我脸上、眼角撩来,撩得我时时都得留神用手去把草拨开。

还没走拢垭口,我陡地听到一声凄厉的嘶喊声。我转动身子,正要循声寻找嘶喊声从哪里传来,只觉得脊梁上火灼一般地剧痛,瞬间这剧痛又袭遍了全身。随即,我就啥都不晓得了。

住在县城的医院里,我就晓得了事情的缘由,知道是哪个冒险救了我。出院后回到于家寨上,躺在知青点床上休养,来看我的四叔说:"说起,这回你的那条命,硬是金珠冒死抢回来的。你想嘛,事情就有那么巧,你被电打倒了,她正在茅狗垭上割草。一夜的南风,把垭口两边的电线吹落在草丛丛里。你踩在电线上,被电打倒在地,金珠冲下坡来,三下两下用镰刀把电线挑开了,背起你就往寨上跑,边跑边尖声拉气地惨叫着,那叫声把满寨都惊起了。总算那赤脚医生去县医院学过几个月,用个枕头套样的玩意给你输气,把你救活了。没有金珠,你上海的爹妈这辈子看不到你啰。你真该好好答谢金珠这婆娘……"

金珠,偏偏是金珠救了我。这是不是命呢?连我这个知识青年都相信迷信了。

身体还很虚弱地躺在床上时,我就想好了,等到能走动时,我要好好地去答谢一下金珠。只是,只是她晓得我回到了于家寨,为啥又不来看我呢?

整天整夜地躺在床上,我开始想她了,想得我好苦,她也不曾来。倒是于家寨上的乡亲和我的那些学生,天天都往我屋头跑。

十来天之后,我好利落了。头不昏了,脚底板上有了力量,走起路来也踩得稳实了。

拿起镜子来一照,连我自家也吓了一跳,镜子里这人是我吗?脸上瘦了一圈,面颊上的颧骨隐显着,一双眼睛也仿佛变大了,脸色苍白苍白的。

我想到要干的头一件事情,是去向金珠道谢。还在县医院住院时,我给上海家里去了信,报告了触电受伤的经过,顺便捎带了一句,我的这条命,是个农村妇女救的。家里倒想得周到,除却寄来了五十块钱,还让回上海去探亲的同寨知青,给我带来了好些罐头,有午餐肉,有瓶装水果,还有麦乳精和凤尾鱼,同时捎来一件细毛线织的挑花绒线衫,指明是让我送给救了我命的农村妇女的。

去向金珠道谢时,我就带上了这件毛衣,还挑了几听罐头。

白天去,怕让人看见,怕那些多嘴多舌的婆娘嚼舌打趣;况且,她又要干活,忙了园子土的,还要忙出工,去了也不一定碰上。我是在一个春月清朗的夜间去的。

天色不算晚,她正在那间窄长窄长的灶屋里,伴着一盏孤灯吃晚饭,吃得很慢,却又很专注。她没听到我故意放得很轻很轻的脚步,也没觉察我站在那扇低矮的半开的小门外。

我看得清楚,她桌上只有一碗水煮苶菜、一碟辣椒水。她天天都是这么清苦、寂寞地过日子吧?我的心头涌起一股辛酸,想到她的孤独,想到她对我的爱,我的眼里涌起了泪,直想掉下来。

是我不知不觉变粗了的喘息声惊了她吧,她骇然惊问了一声:

"哪个?"

"我。"我答着,低头走进小门里去。

她猛地转过脸来了,眼睛瞪得老大,极力想借着油灯的光看清我的脸。我一步一步朝她走近,她脸上的惊骇消失了,变得十分冷漠,声气也是冷冰冰的:"你来干啥?"

"来……来向你道谢。"

"有啥子可谢的?"

"你救了我,金珠。"

"不是啥稀罕事。哪个碰到这种事,都会救你。"她三下两下扒完饭,利索地收拾着桌面,转过身去。

"不是碰上的,金珠,"我放大了一点声音,"满寨的人都说你是碰上的,凑巧了,唯独我晓得,你不是凑巧碰上的……"

"这倒稀奇了,不是碰上的,莫非我算准了你会踩到电线?"

"金珠,你晓得我去望云坡小学校,天天要从那里过……"

"亏你说得出口。原来你是晓得的啊!足见你是个薄情人,足见你是个铁石心肠,"金珠抱怨的声气忽然低弱下去,抽泣起来,"足见你、你……"

我一下子手足无措了,她哭的声音不大,可是听得出,她哭得真伤心。愣怔了片刻,我朝她走过去,把带来的装着罐头、毛衣的提包放在桌上,冲动地抱住了她的双肩:"金珠,我……我向你道歉,向你赔罪。我、我太自私,我只……只想到自己,金珠……"

我说不下去了,和她那么近地相挨着,我忘记了小门还敞着,忘记了油灯的光焰在晃悠悠闪动着,我悍然不顾地捧起了她的脸,猛地吻了一下她的嘴角。她惶悚地避让着,挣扎着,我又吻了一下她的额头,吻了一下她那睁得大大的眼睛。

她"哇"的一声,放开嗓门哭了起来。

慌得我连忙伸手去捂她的嘴,她把我的手一推,脑袋倏地埋在我的怀里,哭了起来。

这时候,我才慢慢意识到,我以往拒绝她的举动,给她的心灵造成了多大的伤害。我追悔莫及地搀扶着她,默默地坐倒在一条板凳上。

灶台上的大锅里,正煮着的猪潲开了,"扑笃笃"地发响。灶屋里弥漫着一股浓烈的清苦味。

她的哭声渐低渐弱,我伸出巴掌,胡乱朝她眼角抹去:"金珠,莫哭了。都怪我,你……求你莫哭了……"

"憨娃儿!"她忽然嗔斥起我来。

"呃……"

"哭是我最后的法宝了。哭一哭,我的心会好受些。"

我的心像被啥戳了一下,一阵凄然的寒气直向我心底扑来。真想不到,这乡旮旯里的女人,会有这么强烈的感情。而我,我把她情深似海的一片真心,只当成了……我惶然地抚着她的肩,愧疚得无地自容。

她仰起脑壳,把我的脸扳向了油灯光,两眼贪婪地瞅着我,微显蓬乱的鬓发使得她的脸更显妩媚。继而,她那只让锄把磨出一层茧花的手抚摸一下我的脸颊,凄声道:"你瘦了,瘦得我心疼……"

我的心又是一震,我对她的爱,有这么深沉吗?我又向她俯过脸去,耸起了嘴。她轻轻推我:"慢着。去把门关上。"

我顺从地走过去,拉上了门,还重重地合上门闩。重又向她走去时,我想到了家里捎来的毛线衣。

当那件雪青色的绣着醒目的几朵蜡梅花的毛衣在油灯光下抖开时,她欢欣地笑了,把毛衣贴在隆起的胸前比试着,对我说:"这么说,你把我跟你家里讲了!天哪,我活这二十几年,没穿过这么好的毛线衣……"

我让她站在屋当中,硬要她穿上试试,合不合身。她起先不愿意,看我执意要求,拗不过,还是穿上了。哎呀,这毛衣穿在她身上,小了一点,紧绷绷的,胸脯鼓鼓地突出来,好显眼唷!

"走啊,走几步我看看。"

她忸怩地来回走了一趟,讪笑道:"看你这对眼睛呀,鼓那么大看人……"

"我喜欢看。"我拉住了她的手。

"有啥好看的?"她羞涩地朝着油灯转过脸去。

"你好看极了,穿着整齐些,你比城里女子还好看!"

她似嗔似喜地瞥了我一眼,噘起嘴,"噗"一声吹熄了油灯:"不让你看!"

我张开了双臂,把金珠紧紧地搂在怀里。她凑在我耳边悄声问:"还像以往那样,只来道谢我这一次吗?"

"不,我要常常来……"

"哄人。"金珠牢牢地抱紧了我,语气里满是担忧地说。

"不哄你,金珠。我要常常来伴你……"

"再说一遍!"

"金珠,我要常常来看你。"

"池……小池,我是你的,你……你也是我的,是吗?是我的吗?"

"是的,金珠,现在我还有什么呢?我的命是你救的。我的一切都是你的。"

我们紧紧地拥抱着,醉了似的亲吻着。

灶屋里唯有灶孔那边闪出点点火光。煮沸了的猪潲"笃笃笃"直扑腾,青苦的潲味里,弥散着微甜微甜的气息。

夜,静谧深长的夜,幸福而狂喜的夜……

说真的,我绝对没有想到,触电受伤这一场祸事,会这么快地给我带来福音。也许,人对受到伤害的远方知青,还是有点恻隐之心的吧。地区农校招生的时候,县知青办的同志,首先想到的便是我。

初听到这消息,我还将信将疑。直到发下正式的铅印表格来,让我逐项填写,我才晓得这是真的。

晓得即将离开于家寨了,我的心不知是个啥滋味,是为总算要脱离这无依无靠的生活而欣慰?是为要同金珠别离而生出无限的怅惘?为了填补心头的惶遽,我一得闲空和机会,就悄悄地踅到金珠家里去。金珠比我还要缠绵,还要忍受不了即将来临的别离。她常常久久地睁着一双泪汪汪的眼睛凝视着我,不说话,连喘气也是轻轻的、柔柔的。每当我要离开她的屋子时,她总像抓人似的紧紧抱着我,不让我挪动脚步。但我又不得不走,集体户里的几个男女知青探亲回寨之后,我必须天天回去睡觉。幸好他们谁都没起疑心,总以为我确实像对他们说的那样,去其他几个寨子替学生娃娃补习功课了。

不过,尽管金珠对我恋恋不舍,但听说我是去读书,读完书有工作,她还是极力怂恿我去。于家寨上的生活实在是太清贫、太难得打发了。

单纯的金珠,她好像一点都没想到,随着我们之间的命运变化,我们偷偷摸摸的病态的爱情是可能夭折的啊。

事情发生在我到县医院去体检回来的那天傍晚。

体检是合格的,归途上也顺利,我搭到一辆运水泥的翻斗车,只走了不多的一截山路。快拢寨子的时候,夏日的太阳还没落坡。金色的余晖把于家寨上的树木、屋脊和山墙都涂抹上了一层柔柔的橙色,堰塘水清得发绿,有几家茅屋顶上,飘散着一缕缕淡蓝色的炊烟。

刚踏进寨子的青冈石级道,我就觉察到气氛不对头。在一片喧哗嚣杂的吼叫声里,无数人杂沓的脚步响得骇人。还没待我辨清这声音来自何方,"呼隆隆"从后街上拥出了一大帮大人娃崽,推推搡搡地簇拥着一个被五花大绑的女人,扯直了喉咙的怒喝一声比一声响:"杀了她,这烂婆娘!"

"败坏于家寨的风气,让她跪在满寨男女跟前!"

"偷野男人,肚子偷大了,她还敢在我们面前走路哩!"

"舀大粪来泼她。她喜欢臭,让她臭个够!"

我瞪直了双眼,两脚一步也走不动了。被拉扯推拥着的女人,正是金珠。她勾垂着脑壳,一头乌发全披散开了。娃崽们捡起石子泥巴砸她,气疯了的婆娘们脱下鞋子打她,使劲地擤出鼻涕来涂抹在她身上,还朝着她吐口水。

"轰"一声,我的脑壳里炸了,小腿肚索索直抖,一点力气也没有。寨上的树木、屋脊,寨外的岭巅、山峰,顷刻间都像在往我身上倒过来。

于家寨上发了狂的寨邻们,将金珠押到一棵柳树跟前,把她牢牢实实地捆绑在柳树干上。手脚麻利的于家族人,已经舀来满满一粪瓢粪水,臭气往四下里弥散着,不少年轻姑娘退避到一边去了。

"莫走散啊,莫走开!"生产队实物保管于志光扬起两只巴掌晃动着,他那张黄蜡蜡的、下巴尖尖的脸在人堆里时隐时现,滴溜溜转得极快的眼里闪烁着幸灾乐祸的神情。在他的招呼下,嘈杂的声浪果然逐渐平息。他的脸向着金珠转过去了:"说,烂母狗,当着满寨老少你说,你偷的野汉是哪个?"

"说出来,打断这野汉子的腿。"平时对我很好的四叔,鼓起一对血红的眼珠,跺脚吼着。

一阵寒噤在我身上发作了,我的心提了起来。

"不说,打下她的身孕来!"

"丢她进粪坑里去。"

"拿条条抽,抽烂她下头那个地方。"

在众人七嘴八舌的怒斥声里,金珠的脑壳抖了抖,仰起一张惨白的俏丽的脸,她的脸上是一道道污痕、血迹和青紫,一双大大的眼睛像落进了眼窝深处。她茫然地瞅着围在身前的寨邻,干燥的带着丝丝血痕的嘴唇嚅动了一下。就在她一昂首的当儿,她的目光和我的相遇了,她的眼里有道光一闪,倏地一下又熄灭了。

我的心擂鼓般骤跳起来。仿佛有团火烧灼着我,焦虑、担忧、羞耻伴合恐惧,把我包裹起来了。我若是个真正的男子汉,这时候,就该站出来,大胆承认金珠肚里的娃娃是我的,有什么麻烦,与她无关,该找我,由我承担一切后果。可是我不能,我不敢。承认下来了,我怕会被寨上的乱拳乱棍打伤打死,我怕自己的前程彻底断送,我怕,我怕……哦,我真无耻! 真没有骨气! 我……

"不要你们管,我的事,你们管不着!"陡地,金珠的声气响起来了,尖脆中带点儿嘶哑,带着她的固执,"要管,你们把在外头裹上婆娘的于习书管起来,是他先败坏风气的……"

"撕烂她的嘴,这烂婆娘!"随着一声暴跳如雷的吼叫,围住了柳树的人们愤怒地扑了上去,众人讨伐般吼出的声浪把一切都吞淹了。

我不忍目睹这悲惨的一幕,像个胆小鬼似的溜回知青点去了。

她终究没把我供出来。

我也没一点儿勇气去承认自己犯下的过失。

几天以后,农校的通知发下来,我草草整理毕该整理的东西,向几户要好的农民道了别,和还留在集体户的知青们聚了顿餐,该做的事情,似乎全都做了。

第二天一早,马车装上我简单的行李,我就将永远永远地离开于家寨了。照理,我该早点儿歇息,可为啥我总觉得心头空落落、悬乎乎的,像欠着点什么呢? 为啥我会在临别前夕,撇下众人,偷偷走上通向金珠屋头去的小路呢?

我是绕了个大圈子后,才向她家走去的。

她住的屋子黑幽幽的,没丁点儿光亮。受凌辱以后,她几天没在山寨上露面。只听人说,她被打得遍体鳞伤,下不了床了。又有人讲,她的腿脚被打断了,走不得路了。

这些传闻愈加激起了我临别前见她一面的欲望。

这是个没有月亮、没有星光的夜晚。我不敢带电筒,全凭着走过多回的经验,一步一步踅近她家。

窄长窄长的灶屋那扇矮小的门,牢牢地抵着。我侧转身子,警觉地窥视着四周,轻轻叩着门板。

屋里屋外都静寂无声。金珠躺在床上,是听不到这边的敲门声的。

我只好猫着腰,借着葵花盘、苞谷叶的掩护,翻过半人高的石坝墙,悄悄来到她卧室的窗户外面。

嘴凑着窗缝,我压低了嗓音叫:"金珠、金珠。"

是叫的声音太低,还是她没听出我的声气来?总之,四周还是寂寥一片,屋里一点儿动静也没有。等待的这几分钟,真有几年那么长。

我硬着头皮,又轻轻喊了两声,还在窗玻璃上大着胆子敲了几下。

"哪个?"屋里终于传出了金珠微弱的声气。

"是我啊,金珠,我。"我抑制不住惊慌和激动地放大了点声音。

金珠的嗓音贴着窗传出来:"你等等,我……我去替你开门。"

灶屋那扇低矮的小门打开后旋即又关上,我跌跌撞撞地趔进了屋头,好像把金珠重重地撞了一下。

我们俩都还没站稳,就紧紧地搂抱在一起,泪脸贴着泪脸,无声地啜泣开了。

这是一个沉默的、生离死别的夜晚。金珠躺在床上,我跪在她的床边;她俯身向着我,我仰脸对着她。我找不到任何话来安慰她,只把我身上仅有的五十块钱,趁她不留神时,塞在她的枕头下边。记不清我们淌了多少眼泪,除了告诉她,我明天就要离开之外,我在她耳边说的唯一的话,便是我的忏悔和自责:"我无耻呵,金珠,我真自私,我对不起你,我让一切苦果由你来尝,我……"

金珠把我的脑壳扳近她的胸脯,要我的脸颊贴着她的心房。她的手伸进我的发丛,贴着发根抚摩着我,听够我呢喃般的忏悔,她双手捧起我的脸,柔声说:"金珠要说,有你这句话,我挨骂挨打,都不算什么了。你是该离开于家寨。我巴望你过上好一点的日子!我不怨你,一切都是我自家找来的,不怨你。你来看我,像现在这样,我就更不怨了……"

说完,她一把将我抱在怀里。我能听得到她胸怀里的心跳声,感受得到她对我的深沉的爱和温情。

我们就这样厮守在一起。夜,静而安宁,没有点灯的屋子,更是黑成一团。风轻拂着窗外的苞谷叶子,"欶欶"地响着。哦,金珠遭到这么大的侮辱和伤害,一点也没责备我的意思,相反还对我爱得如此赤诚、如此真挚,这深深地震撼着我的心。要是我不是个即将去读书的知青,要是我稍稍有点经济能力,我真愿意带着她离开这个可诅咒的于家寨。可我……

金珠的身子陡地颤抖了一下,我连忙仰起头来:"怎么啦?哪里痛?"

"不。你听……"金珠惊慌地说。

我惊愕地坐直身子,凝神细听着。

除却风声,啥声音也没有。我正要说话,金珠像已料到一般,伸手掩住了我的嘴。果然,声音响起来了,似有什么东西撩着窗户,又好像楼笆竹上有耗子在啃咬啥东西,跟着,轻微的脚步声也听得见了。

我慌得手足无措,不能自己,心狂跳不已。

金珠利索地下了床,一扯我的衣袖,在我耳边道:"不好,他们把房子围住了。"

我的心惊得要从嘴里跳出来。

外面的说话声也听得见了:"砸门冲进去。"

"慌啥,还是先敲门,进去慢慢搜!"

……

"跟我来。"金珠拉住我的手,走出了卧室,而后在墙角抓起一把柴刀,递到我手上,引我到一架木梯旁,凑着我耳朵说,"你快上楼笆,走到山墙挡风的簸帘那头,砍断簸索,那外头就是猪圈上堆柴的木楼。到了木楼上,你就往外跳,跳出去就是后山的林子。"

"那你呢?"

"门那头我来应付。"

"不,金珠……"

"快,池……小池,快走!他们抓住你,会把你打死的。快呀!"她的脸朝我贴了一下,双手推着我上楼梯。

我忙慌慌爬上楼梯,朝侧边山墙那头摸索着走去。我能听出金珠移开了楼梯,继而又听到了敲门声:"咚咚咚,咚咚!"

这哪里是敲门,简直是在砸门!我摸索到簸帘子,比试了一下,挥起柴刀,朝簸帘子狠狠砍去。

"是哪个?"我听到金珠拉长了声气在答应敲门声了。

门还在"砰砰嘭嘭"乱敲着,一个粗嗓门吼道:"有急事,快开门!"

"等着,我穿好衣服来开门。"又是金珠的答应声,她在替我拖时间哪。

我疯了似的朝篾帘砍去,总算砍出条逃路来了。我悍然不顾地钻了出去。同时,"哐啷"一声,金珠家的门也被撞开了:"有野男人吗?"

"搜,快搜!"

"一间一间屋仔细地看!"

……

几个人在胡乱嚷嚷。

我站在柴楼上,刚一朝外探脑壳,一支电筒光朝柴楼上射来。我忙蹲下身,躲过电筒光。电筒光乱晃一阵,借着它的光影,我辨清了方向,慢慢移到柴楼的圆柱边,不料,正要往下跳,脚底踩住一小捆散开的柴棍,"骨碌骨碌"发出了一片响声。

"哪个?"有人厉声喝问着,紧接着,两道电筒光交叉射来!"来人哪,柴楼上有声音。"

再不跳就脱不了身了。我悍然不顾地跃身跳下了柴楼,脚跟没站稳,就往后山林子里跑。

"不好啦,柴楼上有人!"

"野汉子逃跑了,快追啊!"

"往后山上追!"

"先把这婊子婆娘放一放,追野男人要紧!"

我的身后传来声声狼嗥样的嚎叫,跟着,脚底板踩着山野重重的声音响了起来,好些电筒光乱晃乱摇着,有人在嘶喊,有人在怒骂,有人在诅咒,一帮人齐向山上拥来。

可这时,我已经跑进了后山密密的树林。

听着池冶民的叙述,不知不觉之间,我把啥都忘记了。

炭火呛人的烟雾弥漫了一屋子,堵着我们的喉咙,我似乎觉得,讲话都有些困难。"你歇一歇,我去夹点炭来。"

新添了炭,快熄灭的幽光微闪微闪,便渐渐亮堂起来,我又使劲吹了吹,火接上了。

池冶民搓了搓双手,将就炭火点燃一支烟,喝了两口茶,用他那低沉并带点粗哑的嗓音接着说:"这以后的事情,说起来就简单了。我逃进后山树林,没被抓住,第二天就离开了于家寨。撵马车替我送行李的四叔告诉我,没抓到野汉子,以于志光为首的那帮抓奸客气疯了,他们硬是把金珠吊起来拷打,直打得金珠满身淌血,怀着的娃娃小产才歇手。要不是那殷红殷红的血吓住了他们,他们不知要把金珠折磨到什么程度。

"我呢,怀着创伤,怀着屈辱进了农校,读过两年书,就分在州林业局里混日子。那些年里,我也想金珠,想得厉害,有几次,甚至都买好了客车票,要回于家寨去看她。但我想到于家寨于姓族人的观念,想到金珠在他们眼里的地位,我又丧失了勇气。过去,我在于家寨还有集体户那个烂草房可以栖身,现在回去,知青们走光了,烂草房坍塌了,我住哪儿去?即使能在相好的农民伙伴家住下,我一个回寨去的客人,众目睽睽的,怎么去同金珠见面?那不反而把事情全惹出来了吗?我就这样苟且偷安地混着没有感情、没有波澜的太平日子。现在回想起来,我做的唯一对的事情,就是在那几年里,由于对金珠的思念,由于感受过金珠如火如荼的爱,我没和其他女人沾上。

"这以后,便是我一开头同你讲,雨夜里发生了事情了。

"你想嘛!金珠找上门来了,连车票也买好了,更主要的是我们有过那么一段永世也难忘的感情,我能不跟着她跑雁河场一趟吗!

"令人心奇的是,一路上我同她并肩坐客车来雁河场时,她一句话也不说,关于她在于家寨的生活,关于她同于习书的关系,关于她的近况,她都不说。我小声地、焦急地问她,她只把脸转向车窗外头,一声不吭。

"奇迹在雁河场上等着我。

"下了客车,她把我带到场街的十字路口,领我走进了一家捎卖面食的饭馆。进门前,我还惊奇地发现,这饭馆叫金珠饭店,竟然同她的名字一模一样。我炫耀地把这发现告诉她,以此来证明我的目光灵敏。却不料她毫不在意,轻描淡写地说:'是啊,这饭馆是我开的。'

"乍一听见这话,我吓了一跳。直到看见饭馆里几个服务员,主动同她打招呼,喊她吴经理,我才有点信了。

"她把我领进饭馆后面一间小屋,相对坐下,将根根由由告诉了我。农村责任制推行开的那年,她那背着瞒产私分'四不清'干部罪名下台的爹平反了,寨上乡亲念他饿饭那年救了大伙的命,都愿帮他家一把。恰巧他们寨子做的豆腐在雁河场上占领了市场,长期置下了两个铺面,寨上人推她爹出来统管这两家铺子。她爹谢绝了寨邻乡亲们的好意,只求大伙替他出个头,救一救他那嫁出去后又被人遗弃的女儿金珠。寨邻乡亲们都说应该,金珠的婚姻,本来就是她爹遭迫害带来的。于是乎,寨上人出面了,组织出面了,找于家寨,找于习书。早已同外乡婆娘同居多年生下三个娃娃的于习书,事实上犯了重婚罪。金珠同他的离婚事宜,顺顺当当办妥了。她又回到了娘家,并且认认真真地表示,她愿承包雁河场上的两家铺子。

"她找到我的时候,两家铺子已承包了半年多。她把一家铺子照旧卖寨上出产的豆腐,另一家铺子改成了饭馆。

"我想不用说她找我的意图了。她起先啥也不讲,只让我回来,让我先瞅一瞅生意兴隆的饭馆,让我晓得,她不仅能自己养活自己,还能养活我。她要我到雁河场上来,替她当掌柜的。她说了,她这饭馆里,太需要一个男人了,她喜欢的男人。

"我仍得说实话,起先我是犹豫的,放着清清闲闲的工作不干,却去干侍候人的活儿,还得撇下铁饭碗,我心里不愿意。不过,我又舍不得她,她是个多好的女人哪!不是相貌好,而是心地好。同前些年相比,她的相貌当然要老成多了,眼角有了细细的皱纹,像我们这些人一样,毕竟过了那么多年压抑的生活,她受了不少罪啊!可在我眼里,她比过去更吸引我,是她的外貌,更是她的心。我取了个折中方案,回地区后,给林业局打了份报告,主动要求到雁河场区林站工作。这个你晓得,从州政府要求下到县下面的区里工作,比啥都顺当。金珠没怨我不愿扔下工作,她反而说我这办法好。工作调成后两个月,我们就结婚了。雁河场上的人说我们太草率、太荒唐,才相识两三个月就结婚。他们哪晓得我们曾经经历过那么多往事呀。

"结婚那天,由我提议,把金珠饭店改成了梅松饭店。为啥这么改?我给金珠说,冰天雪地里盛开的蜡梅花象征着我们以往经受过考验的爱情,万年长青的松柏象征着我们未来的爱情。

"婚后一年,我们生了个漂亮的女儿。我呢,也留职停薪了。理由很简单,金珠要休息,要照顾娃娃,而饭店呢,丢不下。饭店的生意兴旺极了啊。

"关于梅松饭店,关于我那宝贝女儿,关于我的妻子吴金珠,我不想多讲了。我相信,你明天都会亲眼看到的。

"这就扯到我拜访你的目的上来了。其一,我是想请你去我家做客,看看扩修一新、颇可以同省城一些酒家媲美的梅松饭店。你能去吗?看,雪还下得很大,明天你走不了,你一定会去的,是吗?"

我笑了,点点头。别说走不了,就是马上雪住天晴,听了他的经历,我明天也一定要去看看他引以自豪的饭店,看看他那可敬可爱的妻子和小宝宝。

"啊,你答应了,真令人高兴。"池冶民兴奋地把烟蒂扔进炭盆,说,"第二个要求,如果你还觉得我的那些经历,有一点点意思,我贸然地希望,你能把它写下来,不是写我,我这个角色是不光彩的、平庸的,甚至是可耻的。是请你写写吴金珠。你能写吗?写下来还有点意思吗?会不会让读者厌烦?你、你能答应我吗?"

面对他率直的、急迫的要求,我该怎么回答呢?真有点为难。

我站起身来,在房里踱着步子,他的目光追随着我,一刻也不放松。

雪越下越大了。雪花随风扑腾着窗玻璃,发出低微的"嘭嘭"声。客房里的炭火呛得我喉咙里痒痒的,我走近窗户,轻轻把窗打开。

霎时,一阵清冷的空气伴着几朵雪花扑进了客房,送进了一股沁人肺腑的清新气息,寒冽冽的,真舒服。

"你说,能不能写呢?是不是你觉得写下来不会有意思?"

池冶民也站起身来,走近我,再次询问着。写下来,可能看的人会说,这故事能说明啥呢?它给我们什么教益和启示呢?如果文学的功能仅止于此,那么这故事可以放弃不写。可是,面对池冶民急切期待的目光,我绝不能这么回答他。我转过身来,严肃地对他说:"是的,我要写。"

于是我便把它写在这里。